Back in the Boss's Bed

by Sharon Kendrick

Published by Harlequin K.K., Tokyo, 2004

愛が生まれ変わるとき

シャロン・ケンドリック 作
永幡みちこ 訳

ハーレクイン・ロマンス
東京・ロンドン・トロント・パリ・ニューヨーク・アテネ・アムステルダム
ハンブルク・ストックホルム・ミラノ・シドニー・マドリッド
ワルシャワ・ブダペスト・プラハ

◇作者の横顔

シャロン・ケンドリック　ウエストロンドン生まれ。写真家、看護婦、オーストラリアの砂漠での救急車の運転手、改装した二階建てバスで料理をしながらのヨーロッパ巡りなど、多くの職業を経験する。それでも、作家がこれまでで最高の職業だと語る。医師の夫をモデルにすることもある小説のヒーロー作りの合間に、料理や読書、観劇、アメリカのウエストコースト・ミュージック、娘や息子との会話を楽しんでいる。

1

アダム・ブラックはその灰色の目に真冬の海を照らす太陽のような冷たい光をたたえて静かに尋ねた。「ボーン、話というのは？」

車椅子に座った老人は部屋全体を圧するように立つ、長身のその男性を見上げた。「わしは人に頼み事をするのは嫌いなたちだ」

「そして、ぼくは人から頼まれ事をされるのが嫌いなたちです」老人の不屈の精神に自分自身を見たアダムは硬い口元をかすかに緩めた。「だが、あなたの場合は別だ。それで、ぼくにどうしろと？」

しばしの間のあと、老人は口を開いた。「わしの孫娘を覚えているだろう？　キロランだ。あの娘《こ》がわが一族の会社、レーシーズ石鹸《せっけん》の経営を担ってきたのだが、問題にぶち当たってしまってね。大きな問題だ」

キロラン？　アダムはすぐには思い出せなかった。記憶の糸の先をたぐり寄せると、緑色の瞳をしたポニーテールの少女の姿が脳裏をかすめた。ポニーテールに汚れたジーンズ姿だが、それでも、小さなプリンセスのようだった。レーシー家は大金持ちでアダムの家は貧乏だった。そして、少女には富の力が第二の肌のようにまとわりついていた。

「ああ、覚えています。おぼろげながらだが」アダムは眉を寄せた。「まだ、ほんの子供だった。九歳――十歳だったかな」

「それははるか昔の話だ。あの娘はもう子供ではない。二十六歳の一人前の女になっているよ。キロランはわしの娘の子だ」昔を思い出すようにボーンは半ば目を閉じ、つけ加えた。「母親のほうは覚えているだろう。誰もエレノアを忘れるはずがない」

アダムは無言でその場に立っていた。

ある思い出が鮮明によみがえった。長年の間に多くの思い出を封じ込めてきたが、エレノアについても例外ではなかった。だが、いまのボーンの言葉が扉を開く鍵《かぎ》となり、押し込められていたものが一気にあふれ出てきた。「ええ、エレノアのことは覚えていますよ」アダムはゆっくりと答えた。

当時、アダムは十八歳だった。脚が長く筋肉質で、雄牛のように強く、コーヒー豆のように日焼けしていた。暑い夏だった。一日中、石鹸が入った箱の積み込み作業をする身にあの暑さはこたえた。だがそれがアダムの仕事、人生の暗いトンネルから抜け出す道だった。

エレノアは当時、四十歳くらいだったろうか。それより若かった？　いや、もっと年を取っていた？　女性の年齢を言い当てるのは難しい。確かなのは彼女が美人だということだけだ。

倉庫で働いている男たちはエレノアがそばを通ると仕事の手を止め、熱い息をもらした。エレノアはデニムのショートパンツと胸にぴったり張りついたTシャツ姿で何かと口実を作っては工場へやってきた。

アダムは男たちの話を聞いていた。彼らはエレノアのことを尻軽《しりがる》な未亡人だと噂《うわさ》した。しかし、見るだけで、決して触れはしなかった。エレノアは、ボスの娘という立場が持つ力に守られていたからだ。

エレノアも自分が周囲の人に与える影響を充分承知していた。彼女の周囲から性的魅力が揺らめく熱気のように発せられていて、あの暑い夏の夜、多くの男性の空想をかき立てた。

だが、アダムは違っていた。

彼女の何かがアダムをためらわせた。半ば閉じた、獲物を狙《ねら》うような目にはアダムの視線をそらさせる何かがあった。家に残してきたあまりにも多くのものを思い出させたからかもしれない。

　むろん、彼女はアダムの存在に目をとめていた。彼は男たちの中で異彩を放っていた。頭がよく、さっそうとしていて、荷の積み降ろしをする常雇いの作業員の誰よりもたくましく、ハンサムだった。そして、彼女はアダムから無視されているのにも気づいていた。女性の中にはかえってそれで意欲をかき立てられる者もいる。

　エレノアはアダムのアルバイト期間が終わる最後の週まで待った。お楽しみを取っておくためか、あるいは、父親を怒らせる危険を避けたかったのかもしれない。ボーンは規則を曲げない人で、いかなる形であれ、町の反対側に住む貧しい家の息子が娘の相手になるなど、絶対に許しはしなかったろう。

　しかし、エレノアには別の考えがあった。

　地面が焼けつくように暑い夏の午後、エレノアはアダムにビールを持ってきた。アダムが生まれて初めて味わう酒だった。うだるように暑い日に冷たい飲み物の誘惑には勝てなかった。熱い興奮めいたものが体に満ちてくる。だが、エレノアが手足を無造作に投げ出して座る干し草の横をたたいた時、アダムは追いつめられた動物のように警戒する目で距離を置いて立っていた。

「ここへいらっしゃいよ」

「いえ、結構です」

　エレノアは拒絶されるのは好きではなかったし、さりげなく示されたアダムの言葉からその意を汲《く》もうともしなかった。自分の望むものが何か、エレノアは承知していた。アダムが欲しい。

　その日、エレノアは上から下までボタンがついている花模様の前開きのシャツを着ていた。エレノアは大胆にも、アダムの目を見つめながらボタンを一つ一つ、外し始めた。

いま、アダムが惜しげもなく与えられようとしているものを拒絶する男性など、この世にはいないかもしれない。だが、アダムはほかの男性とは違っていた。人間の弱さ、度をすぎた行為がもたらす結果を見てきている。ここにいるだけでも窮地に陥るのではないだろうか？

アダムは無言でデニムのシャツを取り上げ、ビールの礼を言うと照りつける熱い日差しの中へ出た。くすぶる欲望に陰るエレノアの表情は見なかったが、体で感じていた。アダムにとって初めての出来事だった。そして、同じことが何度か繰り返された。

アダムは落ち着き払った表情をボーンへ向けた。

「お嬢さんのことは覚えていますよ。あれからどうされました？」

「好きなようにしたさ。金持ちと結婚し、オーストラリアへ行った。よりよい人生を送りたいと言ってたな。女性がどんなものか、君も知っているだろう」

アダムはニューヨークでの最後の夜に食事に誘った女性を思い出していた。甘い声で思わせぶりな言葉をささやいた黒い瞳の女性。彼女と愛し合いはしなかった。体はその気になっていたが、心がその気にならなかった。アダムは心と肉体を切り離せない男性だった。彼女は泣いた。欲しいものが手に入らない時、たいていの女性は泣く。アダムがそう考えるのは男性として、恋人として傲慢《ごうまん》なわけではない。それは簡単明瞭《めいりよう》な事実だった。

「ええ、わかっているつもりですよ」アダムはそっけなく答えた。「それでキロランはエレノアと一緒に暮らしたのですか？」

「母親と一緒についていって、そして戻ってきた。家が恋しかったんだ。あの娘はわしと同じようにレーシーズを愛している。だが、愛するということと事業の経営とは別だ。あの娘に責任が取れると思ったわしが愚かだった。確かに、会社に勤めた経験はある。だが、わが家の事業は巨大すぎてあの娘の手にあまった」老人は首を振った。「わしはキロランには逆らえない。あの娘はどんな男性でも自分の思いどおりにしてしまうんだ。君はいまは仕事をしていないという話だったな。となると、いささかの時間的余裕があるわけだ」

アダムは窓の外、見渡す限り果てしなく広がっているように見える庭をぼんやり眺めていた。子供のころから、レーシー家の屋敷は常に別世界、決して登れない山のようだった。それがいま、自分はその別世界にいる。不思議な感覚だ。ここに来たのは間違いだったのだろうか。

「おっしゃるとおりです。新しい仕事を始めるのは来月からですので」

ボーンは背筋を伸ばした。「アダム、君にわが社、レーシーズを元どおりにしてもらいたいのだ。わしの目の黒いうちにわが家の名誉を取り戻し、会社が立ち行くようにしてもらいたい。キロランのためだ。やってくれないだろうか？」

「でも、キロランがどう思うでしょう？　キロランがあなたの会社を仕切っているとしたら、私からの命令を素直に受けるでしょうか。むろん、彼女を責任ある地位から外せば話は別です。ですが、キロランを首にするつもりはないのでしょう？」

「あの娘を首にする？　そんなまね、できるはずがないだろう」

「でも、おわかりでしょう」アダムの灰色の目が考え深げな、冷たい光を帯びた。「キロランを首にはできないと考える一方で結果を望んでおられるとしたら、ぼくは彼女に対して厳しい態度で臨まなければならなくなる」

「存分にやってくれていい。わしはこれまで、あの娘を甘やかしすぎたのかもしれない。支配者は誰なのか、あの娘に教えてやってくれ。あれにはぜひともそれが必要だ。頑固で意地っ張りな娘なんだ」

アダムは黙って耳を傾けていた。頑固さなら彼は誰にもひけを取らない。この老人はそこを利用し孫娘を追い払おうとしているのだろうか？　ぼくに近づいてきた理由の一つはそれかもしれない。ほかの誰かに汚れた仕事をさせるために。

だが、アダムはそれについては考えないようにした。性格は関係ないし、ほかの人の思惑も関係ない。大事なのは事実だ。そして、その事実に基づいて行動する。誰が何を言ったか、誰に言ったかは問題ではない。キロラン・レーシーが母親とうり二つで、きれいなまつげをぱちぱちさせて自分の思いどおり事を運ぼうとしても気にしない。母親同様、ぼくが彼女の言いなりになるような男ではないとすぐに悟るだろう。これからは、何が最善かはこのぼくが決める。そして、それを彼女が気に入らなければ――気の毒だが、彼女にとって厳しい試練となるだろう。

ボーンは満足そうにうなずき、車椅子の横のベルを押した。するとドアが開き、中年の女性がアイスバケットに冷やしたシャンパンの瓶とグラスを二個持って現れた。

「ああ、ミリアム」ボーンが声をかけた。「ミスター・ブラックに飲み物を差し上げてくれないか」

アダムは笑いを押し殺した。相手が頼みを聞き入れるものと老人は確信していたのか。でも、それも当然ではないだろうか？　その昔、ぼくが若き日にボーン・レーシーから受けた恩義を返す時なのでは？　慣れた手つきでシャンパンを注《つ》ぐミリアムをアダムは眺めていた。白い襟がついた黒のドレス。召使いのお決まりのユニフォームだ。こうした古めかしく、おおぎょうな場面を見るのは久しぶりだ。アメリカに長く住んでいたのだから無理もないのかもしれない。アメリカは門閥ではなく実力しだいの社会だ。

アダムの目は壁にかけられたウェールズの高名な画家、アウグストス・ジョンの見事なエッチングに引き寄せられた。数百万ドルは下らないだろう。過去の栄光を語るものがほかにどれくらい残っているのだろう？　緊縮財政が必要となった場合、ボーンと孫娘はそれをどこまで受け入れるだろうか？

だが、いまはそのような質問をするべき時ではない。ミリアムからグラスを受け取ったアダムはボーンがグラスを受け取るのを待って乾杯した。クリスタルの触れ合う音が鈴の音のように響いた。

「成功に、レーシー家の復活に――」グラスを唇に当てながらアダムは思った。とんでもないことに足を突っ込んでしまったのではないだろうか？

ボーンは硬い表情でほほえんだ。「キロランを呼びにやろう」

2

突然、落ち着かない気分に襲われたキロランは湿った手のひらでスカートの腰の部分をなでつけた。会議室に通じる廊下は果てしなく続くように思える。ここは何度となく通っている廊下。それなのに、なぜこんな気持ちになるのだろう？

祖父が屋敷に電話をかけてきて、会議室に来てくれないかと言ってきた。それも、いますぐに。頼みというよりは命令のようだった。いつもの祖父らしくない、そっけなくてつっけんどんに近い口調だった。

これ以上、事業を続けるのは無意味だと伝えるためだろうか？　債権者を呼び集めるべきだと？　会社は倒産し、すべては失われると？

額に冷や汗をにじませつつ会議室のドアを開いたキロランは、祖父が一人きりではないのを見て驚いた。

そこに立つ一人の男性がけだるそうな、それでいて、見定めるような態度でキロランを眺めている。女性なら誰でもどきりとさせられるタイプの男性だ。だが、その顔に浮かんでいる表情にキロランは不吉な予感を覚えた。

キロランは車椅子に座る祖父に目を向け、ためらいがちに声をかけた。「お祖父様《じい》？」

「ああ、キロラン、こちらはアダムだ。アダム・ブラック。覚えているかい？」

池に小石が投ぜられたように、頭の中に記憶のさざ波が広がっていく。キロランは眉を寄せた。

アダム・ブラック。

そう、もちろん覚えている。


当時、キロランはまだほんの子供だったが、印象が強烈で忘れられず心に深く刻まれている男性が何人かいた。あのころは多感な年ごろで、輝く鎧《よろい》に身を固め、苦境にある乙女を救い出す騎士の物語を読んでロマンチックな空想にふけったものだ。

アダム・ブラックはその騎士のイメージにぴったり当てはまるように思えた。そして、レーシーズの女性従業員の態度から判断するに、そう考えたのはキロランだけではなかったようだ。女性たちの一団が口実を設けては荷物の積み降ろし場所へ行っていた。上半身裸のアダムが石鹸《せっけん》の箱の山を楽々と大型トラックに積み込むところをのぞくために。母も、彼はすてきな子だと話してはいなかったろうか。

だから、キロランは驚くほど簡単にアダム・ブラックを思い出せた。そして、そのことにいささかうろたえていた。

キロランは頭をめぐらし、アダムを見た。

歳月は彼の上にも確実に刻まれてはいたが、選ばれた数少ない人だけに見られるように、年とともにその魅力が増していた。

体は引き締まっていて、肌はかすかに日焼けしている。真っ黒で豊かな髪は昔と変わらず、額のあたりにわずかに白髪が交じっているだけだ。灰色の目は細められ、油断なく構えている。敵意はなさそうだが、友好的態度にあふれている感じでもない。それに、すぐにビジネスに取りかかれるというようにしみ一つない灰色のスーツを着ている。

キロランは、色あせたジーンズ以外何も身につけず、日焼けした背に汗を流して重労働をしていた若者を思い出していた。その若者と、いま目の前にいる尊大な態度の男性とが結びつかない。

薄い絹のドレスの下でキロランの胸はどきどきし出したが、その時、頭の中で理性の声が響いた。

いったい彼はここで何をしているの？

不意にさまざまな事実が押し寄せてきて、子供時代のあこがれめいた気持ちが遠のいていく。彼の名前に聞き覚えがあると思ったが、その理由をキロランは突如、悟った。彼の名を知っていたのは彼が祖父の会社で夏の間、肉体労働をしていたからというだけではない。ばらばらの断片が一つになり、キロランのとまどいはさらに深まっていった。

アダム・ブラック――あのアダム・ブラックが私の会議室にいるの？　その冷酷で容赦ないやり方ゆえに投資ジャーナルが〝さめ《シャーク》〟と評したあの男が？

ビジネス界で彼を知らない者はいない。キロランもいろいろ読んで知っている。新聞に彼の話が引用されたり、雑誌に彼がしかけた大規模な吸収・合併に関する記事が掲載されていた。それに、新聞のゴシップ欄にもしばしば登場している。カメラが彼を追いかけ、決まって美しい女性に取り巻かれている。

そのアダム・ブラックがなぜここに？　キロラン

は当惑しつつ彼を見つめていた。

「わしの孫娘、キロラン・レーシーを覚えているだろう？」ボーンがアダムに話しかけた。

アダムは無愛想にうなずいた。「あれはずいぶん昔だった」

あまりにもずいぶん昔だ。記憶に残るポニーテールの少女のおぼろげなイメージといま大きな円形テーブルについている、目の色と同じ濃いグリーンのドレスを着た女性とが重ならない。薄い布地の下に長く形よい脚の線が見て取れる。だが、見事な脚に劣らず視線が吸い寄せられるのはその豊かな胸だ。ドレスのなめらかな生地は驚くほど見事な肢体を浮き立たせる結果になっている。

金髪だったのは覚えている。きつくポニーテールに結っていた。だが、光り輝く金色だったのは忘れていた。母親とそっくりだ。それに、目も母親似だ――少なくとも、色合いは。視線を返すキロランの目は、冷ややかで知性的で相手の心を見透かすようだ。母親のような、獲物に狙《ねら》いを定めた、熱く飢えを感じさせる目ではない。とはいえ、女性は外見ではわからないもの。本当のキロラン・レーシーはどんな女性なのだろう？

だが、外から見る限り、彼女は完璧《かんぺき》だ。肌は濃縮クリームのように白く、鮮やかな緑色の目がいっそう、際立って見える。彼女には自然の美しさが備わっている。別の時代だったなら、芸術家が競って描《か》いただろう。

ふっくらして豊かな唇、そこにはかすかに不快感が漂っていた。キロランは口を少しとがらせてアダムを見つめている。あなたにはここにいる権利などないと言っているかのように。そのことにアダムは好奇心をかき立てられた。彼女の、にこりともしない表情のせいかもしれない。アダムはすぐに反応する女性に慣れていた。自分の魅力に対して平然としている女性は初めてだった。

「やあ」アダムはぶっきらぼうにあいさつした。

「どうなっているのか、誰か説明してくださらないかしら」キロランは冷静な声で言うと、礼儀正しくアダムにほほえんだ。「あなたがここにいらっしゃる理由がわかりませんわ、ミスター・ブラック」

「アダムと呼んでくれ」アダムは唇におだやかな笑みを浮かべている。

人を見下したような、傲慢《ごうまん》ともいえる自信たっぷりな態度にキロランの内に怒りがわいてきた。なぜ、彼は自分には命令する権利があり、私は——そう、まるで余計者というような態度をとっているの？　ファーストネームではなく、もっと不作法な呼び方で呼んでやりたい。だが、キロランは深呼吸すると、落ち着き払って言った。「アダム、あなたがここにいるなんて、驚きだわ」

「横領の全貌《ぜんぼう》を明らかにするようアダムに頼んだのだ」祖父が説明した。

横領。嫌な言葉だが、事実は事実だ。口のうまい会計士が自信たっぷりな文句で嘘《うそ》に嘘を重ね、キロランはそれをすっかり信じてしまった。

「でも、その問題なら私が自ら対処に当たっているわ。お祖父様もご存じでしょう？」

「この件には君も関係している」アダムはおもむろに口を挟んだ。「だから、事はそんなに簡単にはいかないだろう」

キロランは憤然とアダムをにらみつけた。「私が自分の会社からお金をかすめ取ったとおっしゃりたいの？」

「とんでもない。君は横領にはかかわっていない。だが、ぼくとは違って状況を客観的な目で眺めるのは無理だろう」

「あなたは私を過小評価していらっしゃるようね」鋭く言い返したキロランをアダムは無言で見ている。

彼の目は、過小評価などしていない、事実を事実として見ているだけだと告げていた。

「二人だけにしたほうがいいようだな」祖父は車椅子を操作しドアの方へ向かった。

出ていく祖父にキロランはほとんど注意を払わなかった。全力疾走したあとのように息が乱れ、胸が大きく上下している。

キロランに上着を着るよう命じる権限があったなら、とアダムは切実に思った。でも、どんな理由をつければいい？　上下する彼女の胸に気を取られるからと？　彼女の髪があまりにも美しいブロンドで、唇が非常に官能的だからと？　その白く輝く肌を男性の唇以外で覆うのはまったくの罪のように思えるからと？

そうしたことは口に出さないまま、アダムは口元に冷たい笑みを浮かべた。彼を知る人なら、次に出てくる言葉に不安を覚え、身構えたろう。

「会社の財政状況についてよく調べるよう君のお祖父さんから頼まれた。そして、数字をざっと見てみたんだ」

怒りをたぎらせつつキロランは黙ってアダムを見つめていた。「それで？」

灰色の目がその声と同じ冷たい光を帯びた。「状況はお祖父さんが想像していたより悪い」事の重要さをわからせるためアダムは間を置いた。それから、ボーンの親切を、そして、この女性が彼の孫娘なのを思い出して無理に笑顔を作った。「二、三、方向転換を余儀なくさせられるだろう」

さらに緊張に満ちた沈黙のあと、アダムは決定的な言葉を告げた。

「なぜなら、奇跡でも起きない限り、君の会社は倒産するからだ」

3

奇跡でも起きない限り、君の会社は倒産する。

アダム・ブラックは挑むようにキロランを見つめている。キロランは激しさをたたえたその目の美しさにまどわされまいと努めつつ、視線を返していた。

「それは少し大げさではないの？」

落ち着き払った、高慢ともいえるキロランの表情をアダムは眺めていた。そして、その誇り高い表情が消えるさまをしばし想像するとブリーフケースから書類の束を取り出した。

「座ったらどう？」アダムは有無を言わさぬ口調で告げた。


「ありがとう」キロランは仏頂面で答えた。自分の会議室なのによそ者みたいに感じてしまう。私にそう思わせる力を彼は手にしてしまったようだ。

アダムはキロランの隣の椅子に座った。「それで、君はぼくが事態を誇張していると思っているんだね？　この書類に目を通したことはないのかい？」

「もちろん、あります！」

「それなら、事態の深刻さはわかるはずだろう？」

「私がまぬけだとおっしゃるの？」

アダムはにやりと笑った。「忠告しておく。自由に答えられる質問はしないほうがいい。イエスと答えるチャンスを君はぼくに与えているよ」

「思うとおりにおっしゃればいいでしょ！　あなたの答えなど怖くはないわ」

いらだたしさをどうにかこらえ、アダムはため息をついた。以前、同族経営の企業で仕事をした時、これと同じ状況を味わわされた。人々がわが物顔で振る舞うのだ。むろん、会社は彼らのものであるのに間違いないのだが……。会社での地位がなんであれ、キロランが雇われているにすぎないなら、口を閉じ、ただ聞いていろと命じたろう。

「まぬけというよりは、経営判断がまずかったというべきだな。まぬけだというのは、君が人の助言を無視してきたことを意味しているが、それはなかったのだろう?」アダムは黒い眉をつり上げ、問いかけた。「それとも、無視したのかな? 君の会社の会計士が資金をスイスの銀行の自分の口座に移していると誰一人、警告してくれなかった?」

「そんな人いなかったわ!」

「そして、君は気づかなかったのか?」

「ええ、そうよ」

「なるほど」アダムは指先を唇に当て、キロランをじっと見つめている。「ちょっと油断していたのか? それとも、そもそも最初から注意していなかったのか?」

私がまるで愚か者みたいな言い方をしている。キロランは憤った。でも、私は決して愚か者などではない。判断に誤りがあったのは承知しているけれど、私のことを何も知らないこの傲慢《ごうまん》な男性に、頭ごなしに決めつけられるのは耐えられない!

「あなたは質問ばかりなさるのね、ミスター・ブラック」

彼女は質問をはぐらかすのが得意らしい、とアダムは思った。つまり、隠していることが何かあるわけなのか?「アダムと呼んでくれると思っていたけど」

「あなたがぜひにとおっしゃるなら」

「ああ、そう願いたい」

アダムのむっつりした顔がつかのま緩み、からかうような表情を見せた。奇妙な感覚に襲われたキロランはどうしていいかわからず、喉をごくりとさせた。普段なら、男性を前にうろたえたりはしない。たとえ、相手が彼のように非常に魅力的な男性であってもだ。でも、アダムのような男性には会ったことがなかったから……。彼の周囲には権力と成功のオーラが漂っている。おじけづいたりするものですか。「質問ばかりなさっていないで、そろそろ、いくつかの答えを示してくださってもいいころではないかしら？」

視線を返したアダムは、キロランの唇がピンクの花びらのように閉じられるさまを見ないようにしていた。彼女はその地位をかさに着て自分のやり方を押し通すつもりなのか？　自分の立場がどれほど危ういのかを理解していないのだろうか？　社員の生活が脅かされているのを認識していない？　それとも、わが身のことしか考えないわがまま娘なのか？

アダムはキロランに調子を合わせようと決めた。好きなようにやらせていれば、自分で自分の首を絞める結果になるかもしれない。そうなれば、こちらの手間が省けるというものだ。「それで、キロラン、いったい何を知りたいんだ？」

「祖父がなぜあなたを呼んだのか、その理由を」

「それはわかり切っていることではないのかね。君のお祖父《じい》さんはぼくに君の手助けをしてもらいたいと望んでいる。この厄介な状況から抜け出すために――」

「私が作り出した厄介な状況とおっしゃりたいの？」

「作り出すのに一役買った、というべきかな」

「人を見下したような態度はやめて」

「見下す？　つまらぬ言いがかりはやめてもらいたい」身を少し前に乗り出したアダムはすぐに後悔した。キロランから誘惑的なにおいが立ち上っている。花のような、えもいわれぬ香りに感覚がしびれてくる。誰かに刺されたかのようにアダムはぱっと後ろへ身を引いた。「お祖父さんがなぜぼくを呼んだのか、その理由を君は充分にわかっているはずだ！」

「ええ、もちろんわかっているわ。あなたのビジネスの腕前は有名だもの。不可解なのは、あなたがなぜ、こんなつまらない仕事を引き受けたのかってことだわ」

「ああ、根本的な問題はそこにありそうだな。君が自分の会社をつまらないと考えているなら」

「そんなつもりで言ったのではありません。あなただってわかっているでしょ！」この人は私の言葉をすべてゆがめて取ってしまう。「私が言いたいのは、あなたは普段、これよりはるかに大きな仕事をしているってことよ」

「気分転換、かな」アダムは庭が見渡せるフランス窓の方を向いた。庭は絵のように美しく目が引きつけられる。だが、それより気になるのは、脚を組んで座っているキロランが日焼けした素足を組み替えている、その衣擦《きぬず》れの音だ。「いつもと違った場所に身を置いてみたかったのかもしれない。ちょっと田舎の空気を吸いたかった」

キロランは息がつまりそうになった。わけもなく震えがくる。突然、不法侵入されているような不快感に襲われた。彼は会社だけでなく土地も望んでいるの？「いくらもらうの？」

アダムはそこに侮辱が込められているのを感じた。彼女はいまもぼくをそんな目で見ているのか――町の反対側に住む貧しい少年に、プリンセスと同じテーブルにつく資格などないと？　だが、アダムは無表情な顔を崩さず、おだやかに答えた。「君には関係のない話だ」

「あら、そうは思わないわ」

お金は一ペニーだって受け取らないことは彼女には絶対に黙っていよう。彼女の好きなように思わせておけばいい。「悪いが、それは君のお祖父さんとぼくとの個人的な話だ。ぼくが責任を持っている間はそれについては答えられない」

ぼくが責任を？　アダムが突然、外国語を話し始めたかのようにキロランは呆然《ぼうぜん》と見つめていた。

「つまり……今後、私はあなたの指示に従って動くというわけ？」

「そうなるだろうな」アダムは肩をそびやかした。キロランの緑色の瞳が驚きでいっぱいに見開かれている。アダムは同情の念がわき起こるのを感じた。

「こうした状況ではよくあることだ」

エディ・ピーターハウスの背信行為を知って以来、徐々に失われつつあったキロランの支配権が完全に失われてしまった。そして、何よりもキロランは深く傷ついていた。なぜ、祖父は最初に私に話してくれなかったのだろう。この無表情な男性がすべての指揮を執ることを——それには私も含まれているらしいことを——私が受け入れるかどうかきいてくれてもよかったのに。

キロランは冷静な表情を繕った。たった一度判断ミスを犯したからといって、無能な人間だと決めつけられてはたまらない。彼と同じように有能なところを見せなければ。「それで、どこから始めたらいいのかしら？」

しばしの沈黙のあと、アダムはだしぬけに言った。

「まず、君について話してくれないか？」

その口調に何かを感じ、キロランは内心、動揺した。それはデートで相手についてもっと知りたい時にする質問に似ている。でも、これはデートではない。「たとえば？」

その金色の髪をほどき、なまめかしい胸のふくらみにかかるさまを知りたい。喜びの頂点に達した時、叫ぶかどうかを知りたい。それに……。「もちろん、君のキャリアについてだ」

アダムの目の奥にある何か陰りのようなものに気

を取られ集中できない。キロランは大きく息を吸った。「大学卒業後、すぐにロンドンの商業、金融の中心地シティで働き、最初の職場に三年間いたわ。それから、エドワーズ株式会社にいた時に祖父が病気になって——ここからはあなたもご存じでしょ。お決まりのコースよ」

アダムはしばし沈黙した。たぶん、たいていの人にはお決まりのコースかもしれない。キロラン・レーシーのような特権階級のお嬢様にとっては。自らの力で階段をはい上ってきたこっちとは大違いだ。

「そうか」椅子にもたれたアダムは目を細めてキロランを眺めた。「いくらかの経験はあるようだ」

「驚いたみたいね！」

反発するキロランを無視してアダムは続けた。

「横領の全貌《ぜんぼう》を明らかにする必要がある。それから、この問題解決の戦略を考えなければならない。そうだろう、キロラン？」

冷静でいよう、仕事に集中しようとはするのだが、彼の灰色の目に見つめられると心がざわめく。アダムを前にすると自分自身を意識させられてしまう。こんなことはいままでなかった。男性にさりげなく見られただけで胸が疼《うず》き出すなんて、いったい、いつからこうなったのだろう。

「何を知りたいの？」手首やこめかみの血管が脈打ち、唇はからからに乾いている。彼の前に出ると女性は全員、こうなるのだろうか？

「事実をかいつまんで話してくれるとありがたいのだが」

「たとえば？」

「エディ・ピーターハウスについて教えてくれ。レーシーズで働いてどれくらいになるとか……一般的なことだ」

「会社には五年いたわ」

「君が会社に入ったのは？」

「二年前よ」

「横領が始まったころだ」

「何がおっしゃりたいの？」

アダムはすぐには答えない。その意味は彼女に考えさせればいい。「彼はどんな感じの男だった？」

キロランは困惑顔でアダムを眺め、小さく頭を振った。「それが何か関係があるの？」

キロランが動いたため、緑色の薄いシルク地を押し上げる胸の頂の線が浮かび上がった。脳裏をよぎる官能的な場面にアダムの心は気もそぞろになる。誰の目にも明らかなキロランの美しさに体が反応している。こんなこと、あってはならない。絶対に。

アダムは背筋を伸ばし、座り直した。

「警察は人相書きを欲しがるだろう」

「でも、あなたは警察ではないわ」

「君はぼくの質問に答えてくれるのか、くれないのか？」灰色の目が冬の海のように冷たく光った。


「彼はどんな男かと尋ねているんだ」

キロランは衝動的で感情的な子供みたいに、アダムに何かを投げつけ会議室から出ていきたかった。だが、もう子供ではないし、感情に任せて行動するわがままは許されない。大きく深呼吸し、息を整えた。

「背は高かったわ」

「高いってどれくらい？」

「あなたほどではないわ」つい言ってしまってから、キロランは舌をかみたくなった。

アダムはにやりと笑った。「ぼくほどの背丈の男はそう多くはいないよ。もう少し詳しく説明してくれないか」

「一メートル七十くらいかしら。金髪で、目はブルーで……」声がしだいに小さくなっていく。

「続けて。スタイルはよかった？」

あなたとは比べ物にならないわ、と答えそうになるのをすんでのところでこらえた。そして、スタイルなど考えたこともないというように肩をすくめた――実際は違っていたが。「まああだったわね。ちょっとビール腹だったけれど、そういう男性は多いから」

「彼を魅力的だと思った？」

「いま、なんて言ったの？」

「聞こえただろう？」

「いいえ、聞こえなかったわ！　よくも、そんな無作法で侮辱的な質問ができるわね！」

「侮辱などしていないさ。人間の心というのは予測がつく。昔からよくある話じゃないか。男は女にこびへつらい、彼女を愛していると思わせる。そして、彼女はその男性の意のままになっていく。君の場合もそうだったのではないか？　彼は君を口説いたのか？　甘い言葉やお世辞を浴びせたのか？　ひょっとして、ベッドにまで誘った？　ろくに調べもせず、すべてを彼の手にゆだねたのか？　女性が愛のとりこになっている場合にはよくある話だからな」

その露骨な物言いにキロランは強いショックを覚えた。手のひらがじっとり汗ばんでいる。キロランは立ち上がると顎をそらし、アダムを見下ろした。

「もうこれ以上、一言だって聞くつもりはありません！」

「座るんだ！」

「いいえ、座りません！」キロランは立ったままだ。アダムを見下ろせる姿勢でいるとつかのま、優位に立った気がする。「私があなたから取り調べのようなものを受けるのを祖父は承知しているのかしら？そうしたことを祖父が認めるとお思い？」

「行ってきいてみたらいいさ」

「そんなまねをされたらあなたが困るのではないかしら？　すぐに祖父からほうり出されてしまうから」

「それはどうかな。ボーンは自由裁量権を与えてくれている。そして、ぼくはそれを行使するつもりだ。ぼくが知りたいのは、君が己の感情に溺《おぼ》れて判断を曇らせたかどうかという点だ。どうなんだい、キロラン？」

感情に溺れて判断を誤ったことなど一度もない、と激しく反論しようとしたキロランは自分がいま、まさにそれをしているのに気がついた。キロランは言い返さず、冷ややかな態度を繕った。私はいつもは冷静で、取り乱すことなどないのに、いまはその正反対。どうなってしまったのだろう？　彼がこの部屋へ入ってきたとたん、反発ばかりしている。こんなことはやめなければ。

波立つ心を抑え、キロランは再び腰を下ろして深呼吸した。これで胸の動悸《どうき》が鎮まるといいのだけれど。「ご参考までに申し上げておきますけど、彼に引かれたことはありません」

「魅力的ではなかった？」

「魅力がないわけではなかったわ」キロランは慎重に答えた。

「ハンサムだった？」

なぜこんなにしつこくきくの？　エディ・ピーターハウスは整った顔立ちで、ちょっと出たおなかを隠すために巧みにカットされた上等のイタリア製のスーツに身を包んではいた。でも、アダム・ブラックに比べると……。「別にどうということはなかったわ」

アダムはすらりとした長い指の間で細い金色のペンをもてあそんでいる。「彼のもっとも注目すべき特質は？」

この男性にすべてを語ることにキロランはちゅうちょしたが、嘘《うそ》はつきたくなかった。「彼は何をするにも迷いがなかった。自信にあふれていたわ」

「ぺてん師たちは決まってそうだ。だからこそ、人は彼らの嘘や言い逃れを信じてしまう」

「あなたはすべての人をそうしてタイプ別に分類してしまうの？」

「人間の本質はおのずと表れるものだ。そして、たいていの場合、分類表は役に立つ」

なんと冷たい言い方。人間というよりコンピューターのようだ。自分はどういう区分に入れられたのだろう？　ああ、そんなことを考えるのはやめなければ。

キロランはおだやかなほほえみを、そう見えていればいいと願いつつアダムに向けた。「こういう状況に陥った原因の究明ばかりしていても時間のむだだと思わない？　起きてしまったことはしかたがないわ。大事なのはこの状態をどう打開するかではないかしら」

やっとまともな話になった、とアダムはほっとした。不可解な女性の論理ではなく、多少なりとも良識が示された！「そのとおりだ」灰色の目が挑むように光った。「キロラン、君はそれに耐えられるかな？　厳しい仕事になるだろう」

「厳しい仕事から逃げたことはこれまで一度もなかったわ」

それはどうだろう？　アダムはキロランを見つめた。彼女はいままでの人生の中で、その陶磁器のような肌にどんなモイスチャライザーをつけたらいいかということ以外、頭を悩ませる問題はなかったかのように見える。その魅力的な肢体を覆うのにどの服を着ればいいかということ以外は。「それを聞いてうれしいよ。月曜日の朝、一番に戻ってくるかな」

アダムはデスクの前に置かれた書類を集め始めた。面接は終わりらしい。アダムはキロランを厳しい尋問にさらしたが、キロランは事実上のボスとなるアダムについてほとんど何も知らない。アダム・ブラックとは何者なのか?

「あなたはこのあたりの出身なのでしょう?」キロランはさりげなく尋ねた。

アダムはブリーフケースに書類を入れていた手を止めた。「ああ、そうだ」彼女はどの程度、知っているのだろう。彼女の祖父はどの程度、話したのか?

「ご家族はまだこのあたりに住んでいらっしゃるの?」

「いまはもういない」アダムはちらりと時計に目をやった。「そろそろ行かないと。月曜の朝、一番に会おう。今日はこれで失礼するよ」

4

冷ややかな態度で礼儀正しくアダムを玄関まで送ったキロランは、アダムの車が長く曲がりくねったドライブウェイを小砂利を蹴散《けち》らし疾走していくのを見送っていた。あんな猛スピードで走るなんて、向こう見ずな人……。車が遠ざかり、やがて点のようになるとキロランは祖父を捜しに行った。

祖父は図書室にいた。キロランが中に入ると祖父は顔を上げた。

「キロランか」祖父はほほえんだが、目は警戒している。

「お祖父《じい》様、よくもあんなまねがおできになったわね!」

「あんなまねとは?」

「あんな……高圧的な誇大妄想者に助けを求めたことよ!」

「高圧的かもしれないが、誇大妄想者などではない。アダムのような男は誇大妄想など抱かない。その必要がないんだ。彼の成功がそれを物語っている。彼のような男を得てわれわれは運がいい」

運がいい? 運がいいなどとは思えない。まるで……ああ、この感情をどう表現したらいいのかわからない。でも、わかっているのは、彼のおかげで落ち着かなくなり、何かをたたきつぶしたい気持ちに駆られるということ。キロランはアダムのハンサムで冷淡な顔を思い出していた。私の経営の失敗を批判した時のあの険しい表情を。

キロラン、あなたは事実に向き合うのが怖いの? 内なる声がささやく。それとも、それを彼から聞かされるのが耐えられないだけ?

「彼がそんなにすばらしい人なら……それなら、どうしてここにいるの? その優れた手腕を発揮できる場所はほかにいくらでもあるでしょうに!」

「アダムは好意でやってくれているんだ」

「どうして?」

「ビジネスの世界では時々あることさ」その声に潜む何かを感じたキロランは、それ以上尋ねるのは控えた。生まれて初めて疎外感を味わっていた。入る権利がない男性の世界へ足を踏み入れようとしているみたいな感じだ。そして、祖父の目は立ち入るなと告げている。「キロラン、そんなにいきり立つな。これ以上はないという人物の手に任せたんだから」

その言葉にキロランの自尊心はいたく傷ついていた。それだけではない。自分がアダムの手にゆだねられている官能的な場面が思い浮かび、体の内に奇妙な感覚が突き上げてきた。彼の巧みな指が私の体中をまさぐり……。ああ、これが問題なのだ、とキロランは悟った。

アダムは女性が無関心でいられるような男性ではない。その強烈な存在感で周囲を支配し、去ったあとには大きな穴をぽっかりと残していく。彼がくやしいくらいゴージャスだということしか考えられないとしたら、彼とともに仕事をし、自分が持てる最高の力を見せるなど到底不可能なのではないだろうか？

つまらないことを考えるのはやめよう。やめなければ。

それにしても、あの強烈な存在感がアダムの成功の理由の一つなのだろうか？　家族はいまもこのあたりに住んでいるのかと尋ねた時、彼の顔にすっと幕が下りたようになった。ビジネス界での華々しい評判以外、私はアダム・ブラックの何を知っているというのだろう。

実際のところは何も知らない。そして、祖父は彼について教えてくれるつもりはなさそうだ。

その夜、キロランは眠れなかった。体の中で言葉にならない何かが目覚めたみたいだった。夢の片隅で何かがあざけっているのだが、目を開くと、それはかき消えている。始終、寝返りを打ち、うとうととして目を覚ますと、室内はまだ真っ暗だ。その繰り返しで一夜が明け、朝、朝食を食べに階下へ下りた時にはひどい頭痛がしていた。

病み上がりの人のようにキロランは食べ物を脇《わき》へ追いやった。会社の状況が悪いのは承知している。だが、アダム・ブラックに手厳しく指摘されると、そのひどさが何万倍にも思えてくる。田舎暮らしで私の判断力は鈍ったのかもしれない。そもそも、祖父は私を経営責任者にするべきではなかったのかも……。

自己不信にさいなまれたキロランは色とりどりの薔薇《ばら》や明るいブルーのデルフィニウムが咲き乱れる

夏の庭を見つめた。こうした光景に匹敵するものがほかにあろうか？　ロンドンには絶対にない。

　この景色に象徴されるすべてのもの、都会の喧騒《けんそう》からかけ離れた、ゆったりした生活を求めてキロランは田舎に戻ってきた。ここでは、すべてが地に足がついているように感じられる。そして、楽しいことをする時間がある。紫煙が立ち込めるシティのバーの騒々しさとは無縁の素朴な楽しみがある。乗馬をし、テニスをし、同じような趣味や情熱を持った人々と仲よくやっていく。

　いや、情熱というのは当てはまらない。情熱とは強く、抑え難い感情を意味するもの。これまで、キロランは情熱とは無縁の人生を送ってきた。

　キロランは不安定な子供時代を送った。移り気な母親は男性の腕の中に幸せを求め続け、ついに幸運をつかんで大金持ちとなった。一方、キロランは何よりも精神的な安定を求め、母親のようにはなるまい、他力本願の幸せは探すまいと誓っていた。幸せは自分の中に見つけるのだと。何物にも脅かされない暮らし、安心感が欲しかった。自分一人で生きていけるという自信を身につけたかった。

　だが、安全で予測がつくように思えた人生がいまや、その正反対の様相を呈してきている。それは会社が危機に瀕《ひん》しているからだけではない。アダム・ブラックが、猛《たけ》り狂うハリケーンのごとくキロランの人生へ侵入してきた。キロランはハリケーンの通ったあとの大地のように、たたきのめされた感覚を味わっていた。そして、混乱していた。

　ロンドンのフラットでは、アダムがシャワーの強い水流の下に立ち、日焼けした長い脚に石鹸《せっけん》をなすりつけていた。温かいお湯が体をたたき、毛深い肌を流れ落ちていく。アダムはキロラン・レーシーを、その美しさの記憶を洗い流そうとしていた。意思に反して性的に引かれてしまう、そうした女性と一緒に仕事をするべきではない。だが、ほかにどうしようもない。あの冷ややかでそっけない態度に心が乱されるとは思ってもいなかった。青天のへきれきだ。

こんなことは久しくなかった。いや、いままでになかったことだといってよい。仕事の相手に対しては絶対になかった。彼女は立入禁止にするべきだ。決してかかわってはならない。

アダムは石鹸を引き締まった筋肉に塗った。だが、それは抑えたい感覚を目覚めさせるだけだった。シャワーの栓を止め、タオルでさっと体をふくとジーンズにTシャツを着て留守番電話のメッセージボタンを押した。小さな画面に八という数字が出た。

メッセージが八件。アダムはいぶかった。そんなに大勢の人に電話番号を教えたろうか？　それとも、人づてに伝わったのか？　イギリスに戻ってからまだ一カ月足らずなのに、もう、あらゆるパーティに〝欠かせないゲスト〟になっているようだ。独身男性はバージンの女性と同じくらい希少価値らしい。

だが、テープから流れるパーティの誘いのいずれにもアダムは関心を覚えなかった。豪華なアクセサリーで飾り立てた女性の相手を務めるつもりはない。彼女たちはアダムを、そのライフスタイルを見て、なぜ彼が結婚しないのか不思議に思う。そして、結婚しないという間違いを正そうとする行動に直ちに出るのだ。

独身女性たちだけではない。パーティのホステスも重荷だった。彼女たちは一様に結婚生活に飽きていて、つかのまの性的快楽を求めている。

不満と豊かさは密接な関係にあるようだ。かつては、豊かさがすべての答えのように思えた。何かを持っていない時、人はそれを求めて懸命に努力する。少なくとも、アダムはそうした。そして、目指すものを手に入れたその先は？

新たなものに挑戦する。たとえば、レーシーズ。海賊が出没する、ビジネスという大海原に浮かぶ小さな旧式の船。

その光景を想像して楽しむアダムの顔にゆっくり笑みが広がった。とその時、なぜか、キロラン・レーシーの姿が頭に浮かんだ。彼女がマストに縛られていて、波で濡《ぬ》れた服が体にぴたりと張りついている。

突き上げる欲望にうめき、自分自身にいらだったアダムは鳴り出した電話を留守番機能が働く前に最初の呼び出し音で取り上げた。

「アダム？ キャロラインよ」

相手の声と顔が一致するのに時間がかかった。そして、誰だかわかるとアダムはうなずいた。彼女は美人で楽しい。劇場に連れていくのにぴったりだ。そうだろう？

「やあ、キャロライン、声が聞けてうれしいよ」

レーシーズの工場は近くの小さな町の外れにあるが、本部事務所はキロランの曾祖父《そうそふ》が屋敷の敷地内に建てていた。曾祖父はさまざまな点で時代の先を行っていた男性で、子供たちの成長ぶりをできるだけ身近で見ていたいと望んでいた。

キロランは家とオフィスの間を簡単に行き来できるのをいつも楽しんでいた。だが、月曜日の朝、オフィスへ入ると、自分のデスクにぞっとするほど見慣れた人物が座っているのを見て、ショックを受けた。

彼は長い脚を前に投げ出している。腿の部分を覆うやわらかい布地がぴんと張り、その下のたくましい筋肉をうかがわせる。それに、ここから見ると、肩幅がとても広い。

黒い頭が上がった。そして、キロランが入ってくる音に向けられた顔には、どう想像を働かせても歓迎のかけらもなかったが、それでもキロランは胸がどきどきするのを抑えられなかった。

キロランは喉をごくりとさせてから、慎重に言った。「おはよう、アダム。ここで何をしていらっしゃるの？」

「何をしているように見える？」アダムは冷ややかに問い返した。「仕事だよ」彼はしみ一つない真っ白なシャツの袖口《そでぐち》からのぞいている金色の腕時計に目をやった。「いまは何時かな？　君は今日は午後からの出勤か？」

アダムの姿に、とりわけ、わが物顔に座っているその態度に動揺したキロランはすぐに反撃に出た。

「いまは九時です。たいていの人が働き始める時間だわ」

アダムは音をたててペンを置いた。「通常の時間などないんだ、キロラン。そのくらいわかっていると思っていたがね。それに、ぼくはいつも七時半にはデスクの前に座っている」

それは立派だこと！「どうやってここにいらしたの？」

「飛んできた」

「本当に？」

アダムはじれったそうに舌打ちをした。「飛行機で来たわけがないだろう？　いまのは冗談さ。一番近い飛行場でもここからかなり離れているからね。車で来たんだよ」

「今朝？」

「早朝に」

夜明けとともに家を出たに違いない。道路がすいていたとしても、ロンドンからだとゆうに二時間はかかる。アダムの魅力的な目の下にかすかに隈《くま》ができているのはそのせいだろう。それとも、この週末お楽しみにふけり、眠る暇もなかった？　新聞記事を信じるとしたら、そういうことになる。

とりつくしまのないアダムにキロランは途方にくれていた。「コーヒーはいかが?」

アダムはいらだちを抑えるため黙って十数えた。

「いや、結構だ。コーヒーはいい。ぼくの望みは、君が椅子に座って、そのかわいらしい足にかかる負担を取り除くことだ」

「座りたくても座れないでしょ、あなたがそこに座っていては」ばかにしたようなアダムの言葉にむっとし、キロランはつっけんどんに言った。「ここは私のオフィスなのよ。それは私のデスク、私の椅子だわ!」

「それで、君はぼくの部屋を用意してくれたのかな?」

「いえ、まだよ」

アダムは宿題を期限までに出さなかった生徒に対する教師のように首を振った。「ぼくが来ることを君は知っていた。準備するのに二日あったんだ」アダムは椅子の背にもたれ、キロランを見つめた。「それなのに、どうしてやらなかった?」

いままでキロランはこんなふうにとがめられた経験はなかった。見習いの見習いとして仕事を始めた時ですらこんなことはなかった。「すぐに用意します!」

「すぐにというわけにはいかないだろうが。さあ、ここへ——」アダムはかたわらの回転椅子を指し示した。「ここへ座りたまえ」

大きな悪いおおかみにおびき出される赤ずきんちゃんになった気分だ。しかし、アダムの口調にはどこか有無を言わさぬところがあり、キロランは指示されるままに従っていた。

「さあ、そこへ」隣の椅子にぎこちない姿勢でちょこんと座るキロランを見て、アダムの険しい目の奥が楽しげにきらりと光った。「ご感想は?」

ひどい気分。いや、正確にいえばそうではない。

ひどい気分の反対だ。いままで、これほど男性を意識したことはない。彼はすぐそばにいる。アフターシェイブのかすかなにおいを感じ、ひげがわずかに濃くなっている顎に目が吸い寄せられてしまう。きっと、朝早くに剃《そ》ったに違いない。すでに、新しくひげがうっすら生えてる。こちらを見つめる灰色の目を感じ、キロランは息をのんだ。視線をそらすのは失礼だ。それに、目をそむけたら、私がうろたえているのを悟られてしまう。

そして、そのうろたえている原因も。

「申し分ないわ」キロランは軽い口調で答えた。「ほんの一時しのぎとしてはね」

そうだ！　アダムもその意見に賛成だった。これではあまりにも近すぎて落ち着かない。アダムはキロランの魅力を客観的に説明しようとした。キロランに再び会った瞬間から、そうしようとしていた。土曜の夜をともに過ごした女性も同じように美しかったと自分に言い聞かせていた。

それなら、なぜキロラン・レーシーに対してこんなふうに感じてしまうのだろう？　その緑色の瞳、輝くブロンドの髪のどこが特別なのか？　彼女の魅力を強く感じるのは彼女がかかわってはならない相手だからか？

アダムはキロランに視線を走らせた。ひざ丈のシンプルなサマードレス。むき出しの腕は筋肉質で軽く日焼けしている。彼女はエクササイズ好きなのだろうか？　おそらくそうだろう。この広大な屋敷の奥にハイテク装置を備えたジムがあっても驚きはしない。ぜいたくな設備は会社の費用でまかなわれたに違いない。アダムは不快げに唇を引き結んだ。

「さてと」目下の問題に神経を集中させようと努めつつ、アダムは前に置かれた書類の山からクリーム色の便せんを抜き出した。「まず、これを見てみようじゃないか」

特徴のある細長い字体を一瞥《いちべつ》したキロランは憂鬱《ゆううつ》な気分に襲われた。

「これが誰からだかわかるかい？」

キロランはうなずいた。「叔母のジャクリーンからだわ」

「そのとおり。だが、彼女は君の叔母さんというだけではないね？　レーシーズ石鹸の二番目の大株主でもあり――」

「当ててみましょうか？　叔母は怒っている？」

「怒っている？　怒っているなんてものではない。彼女にはいささかの同情を禁じ得ないね」

「読ませていただいていいかしら？」

「いい気持ちはしないだろう」

「あら、ジャクリーン叔母を怖がるほど私は弱虫では……」手紙を読み始めたキロランの声がしだいに小さくなっていった。確かに、怒っているなどというものではない。たぎる怒りの熱気が紙の上から立ち上っているように感じられる。

その手紙は容赦なかった。そして、とくにキロランを傷つける一節があった。


ボーン、あなたに責任の一端を負わせようとは思いません。

もちろん、そうでしょうよ、とキロランは意地悪く思った。

しかしながら、この横領について誰かが責任を取らなくてはなりません。自分の手にあまるとキロランが認める勇気を持っていたら、こうした事態は起こらず、その結果、私と、私の一人娘の財政状態が危機にさらされることはなかったかもしれないのです。

キロランは読み進んだ。

アダム・ブラックを呼んだとのあなたからの知らせに私は胸をなで下ろしました。こうしたすばらしい評判の男性をあなたが雇ったのは喜ばしいことです。

キロランは思った。〝雇った〟という表現にアダム・ブラックはどう感じたろう？

実のところ、できるだけ早い機会に彼と会えれば気持ちも少しは安らぐでしょう。彼に会えるよう計らってくだされば幸いです。

キロランは手紙を置いた。「私をさらし台にくくりつけてものを投げつければ、皆、すっとするのでしょうね。昔はそうしたのでしょう？」

「キロラン、自己憐憫《れんびん》はなんの役にも立たないよ」

「そんなことくらいわかっているわ」自己憐憫？

そう聞こえたのだろうか？　能力に欠けるとこの男性に判断されているかもしれないと思うとキロランは急に耐えられなくなった。へこたれないところを示さなくては。キロランは頭を上げ、見定めるようなアダムの視線を正面から受け止めた。「叔母はあなたに会いたいみたいね」

「そのようだな。会うのも悪くはないだろう。すべての人に状況を知ってもらおう。主立った株主全員との会合を開くつもりだ」

「いつ？」

「われわれが少し前進しだい」緊張に満ちた沈黙のあと、アダムは続けた。「座って何もしない状況が続く限り、前進は望めないね」

「あなたはいつも、人をそうして激しく駆り立てるの？」

〝激しく駆り立てる〟その言葉に官能が刺激され、うろたえるほどなまめかしい場面が浮かび上がる。彼女はわざと言ったのだろうか？　あんなことを言われたら、精力旺盛《おうせい》な男性の大半はめろめろになってしまう。彼女はそれを承知しているのだろうか？

「必要な場合だけだ」アダムはさらりと答え、キロランの胸のふくらみや、ドレスの薄い布地の下にうかがえるレースは無視しようとした。だが、もうこれ以上我慢できない。「ぼくのオフィスを用意してくれたまえ。電話やメールのための回線、それからファックスがいる」

「秘書にやらせるわ」

「そうしてくれ。その間、ここを使うから」

キロランは即座に行動を起こすことにした。この男性が必要以上に長くここに居座ると思うと耐えられない。どの基準に照らしても広々としたオフィスが突然、靴箱ほどの大きさになったような息苦しさを覚える。

足に力が入らないまま、キロランは立ち上がった。

「いますぐ、手配してくるわ」

「ありがたい」

優雅なしぐさで部屋を出ていくキロランを見送りながらアダムは思った。オフィスの外で彼女はどんな生活を送っているのだろう。こんな田舎の奥まったところに住んでいて寂しくはないのだろうか。それとも、夜ベッドで、あの豊かでつややかな髪に指をからめる男性がいる？　きっとそうに違いない。ああした女性が独身主義であるはずがない。

アダムの顔から考え込んだ表情が消えない。キロランについてさまざまな想像をめぐらす自分に当惑していた。そして、そういう状態が嫌だった。以前にも美しい女性と仕事をした経験はある。だが、ベッドルームでしたこと、しなかったことをあれこれ考えて時間をむだに過ごしたことは一度もなかった。

アダムは口元を引き締めた。仕事と快楽を一緒にしないための格好のルールがあるのをアダムは思い出していた。ひたすら仕事に集中するのだ。アダムはペンを取り上げ、目の前に置かれた書類のあちこちに荒々しくアンダーラインを引き始めた。

数分後、キロランが部屋へ戻ってきた。「皆があなたのことを気にしているわ。オフィスのスタッフに引き合わせたほうがいいみたい」

「そう？」

「皆、何かがおかしいと感じているの。そしていま、噂《うわさ》が飛び交っているわ。謎《なぞ》の男性がオフィスを要求しているからよ！」

「彼らにどう説明してもらいたい？」

「あなたが輝く鎧《よろい》に身を固めたナイトだというのはどう？」なぜそんな言葉を口走ってしまったのだろう。

奇妙なことに、ナイトのイメージにアダムは喜び、笑顔になった。「君はぼくをそういうふうに見ているのかな？」

キロランはいまの言葉をこらえることもできたはずだ。だが、愚かにも口に出してしまった。ええ、確かに私は彼をそう見ている。子供時代の記憶と現実が重なったせいだ。白馬の騎士のイメージをいまだに抱き続けている自分にキロランはとまどっていた。もっとも、彼は子供のころに読んだ物語に登場するヒーローとは全然違う。灰色の目を完璧《かんぺき》に引き立てる美しいチャコールグレーのスーツを着ていて、まさに現代のエグゼクティブの典型だ。

「ちょっと違うわね」キロランは軽く答えた。「だって、あなたは馬を忘れているもの！」

アダムは笑い出しそうになるのを我慢した。「真実を話せばいいと思うのだが、どうだろう？　そうすれば、誤解もなくなる」

キロランはうなずいた。「皆を呼んでくるわ」

ほかに何か言うチャンスをアダムに与える前に、あの冷ややかな問いかける目で再び見つめられる前に、火がついたように熱くなっている頬の色を見られる前に、キロランは急いでオフィスを出た。

私はどうなってしまったのだろう？　秘書のもとへ向かいながらキロランは自問した。アダム・ブラックが男らしくて魅力的なのは否定しない。でも、指を鳴らしただけで女性を自分の腕にまっすぐ飛び込ませてしまうような男性が持つ危険性は、充分承知しているつもりだ。私は紳士が好き。女性をベッドへ引きずり込み、心ゆくまで堪能《たんのう》したあとはあっさり捨ててしまう、そんな男性はごめんだ。

「キロラン、大丈夫？」秘書のヘザーが心配そうに見つめている。「まるで幽霊にでも会ったような顔をしているわよ」

幽霊ではない。幽霊はあんなに強烈なセックスアピールは発散しない。キロランは無理に笑顔を作った。「新しい経営幹部のアダム・ブラックを紹介するから来てちょうだい」

「それって映画スターみたいな男性かしら？」

「映画スターにするにはいかつすぎるわね」反射的に答えてからキロランは驚いて秘書を見た。「彼にもう会ったの？」

「いいえ。でも、お掃除の人が会ったんですって。卒倒しそうだったと言ってたわ」

やれやれ、とキロランは内心あきれたが、それでもおだやかな笑顔を作って聞いていた。

「それから、彼は彼女にコーヒーをいれてあげたんですって！」天使が突如現れて、やかんを火にかけ始めたような口振りだ。

「へえ、そうだったの？　女性解放運動はいまだ健在なようね。その解放運動の擁護者が私のオフィスで待っているわ」

「私、皆を呼んでくるわ！」

スタッフがぞろぞろと並んでオフィスに入ってくると、アダムは主人顔で立ち上がり、一人一人と愛想よく握手を交わした。

「ぼくは君たちに隠し立てはしないつもりだ。なぜなら、正直が最上の方策だと信じるからだ」間を置いたアダムは、好奇心を募らせている人々の表情を見極めるべく、厳しい灰色の目で周囲を見回した。

「君たちの多くはエディ・ピーターハウスが会社を辞めたのを知っているだろう。だが、会社の資金の一部に使途不明金があるのは知らないはずだ。それについて彼に問いただしたいと思っている」

息をのむ音が聞こえ、それから、ざわめきが広がった。

アダムが室内を見回すと、おしゃべりは鎮まった。

「警察が彼を捜している。そして、われわれはできる限り協力している。すべての問題はきちんと把握できている。ぼくはキロランと協力し、すみやかに事態の立て直しを図るつもりだ。当面の間、会社の指揮はぼくが執る。わかったね？」

全員がうなずいた。アダムの力強く真摯《しんし》な決意に魅了されているのがはためにもわかる。

「結構」アダムはこの上なく魅力的な笑顔を向けた。「さてと、話はこれで終わりだ。誰か質問は？」

質問する人は誰もいなかった。アダムが必要なことはすべて話したようだ。と殺場に向かう従順な子羊のようにスタッフはおとなしく出ていった。全員が出ていくと、キロランはアダムの方を向いた。努力したが、声の震えを抑えられなかった。「すっきりした？」

アダムはキロランの目に燃える緑色の炎は無視しようとした。「なんだって？」

「行方不明の資金について話したことよ」

「すでに話したように、正直が最高の策だ」

「そして、私の目の前で見事にやってのけてくれたのね！　この私に身の程を知らせたってわけ。〝ぼくが指揮を執る〟ですって？　あなたは常に支配的立場にいなければ気がすまないの？」

「しかたがない。これはボーンと決めたことだ」アダムはじれったそうにキロランを見つめた。「こんな時に自尊心について論じている余裕はない。ぼくが去ったあと、心ゆくまで社長役を演じればいいさ」

キロランは言い返そうと開きかけた唇を再び閉じた。何か一言でも言えば口論になりかねない。

アダムは書類の山を身振りで示した。「オフィスでの序列についての議論が終わったなら、仕事にかかろうじゃないか」

5

アダムは猛烈に仕事をした。

午前中、アダムはキロランのコンピューターで大量の数値計算をして財務表を作った。その仕事への集中ぶりには驚かされるばかりだ。アダムの隣に座ったキロランは彼の耳にかかる縮れ毛を見ないように努め、テレビのクイズ番組に出ているような矢継ぎ早の質問に答えることだけに専念しようとしていた。

時間がたつにつれ、まず、アダムは上着を脱いだ。それから、ネクタイを外した。そして、そのすぐあと、じれったそうにシャツの上のボタン二つが外された。それらをキロランは魅入られたように見つめていた。この次は？　ズボンを脱ぎ始める？　まもなく、パンツ一枚で椅子に座っている？　絹のボクサーショーツに間違いないわ。

アダムは顔を上げ、いぶかしげな表情になった。

「キロラン、どうかした？　顔が赤い」

「それは……ここが暑いから」どうにか答えられた。「窓をもう一つ、開けたら？」

キロランは救われたように席を立ち、窓を開けた。新鮮な夏の空気がほてった頬を鎮めてくれる。心の中をアダムに悟られなければいいと祈りつつ席に戻って書類の束を取り上げた。

どのくらい時間がたったろう、ヘザーがドアの陰から顔をのぞかせた。「もうすぐ食堂が閉まるわ。お昼を召し上がるか、知りたがっているわよ」

アダムは顔も上げない。「サンドイッチとコーヒーを運ばせてくれ」

ヘザーは眉をつり上げてキロランの方を見た。〝専制君主〟と言っているかのようだ。「キロラン、あなたもサンドイッチでいいかしら？」

「いいわよ」ヘザーが姿を消すと、キロランは立ち上がった。「でも、お昼を食べる前に少し新鮮な空気を吸わないと死んじゃいそう。お庭を散歩してきたいけれど、いいかしら？」

ようやく顔を上げたアダムはキロランの疲れた表情に気がついた。厳しく働かせすぎたのだろうか？キロランがブロンドの髪をかき上げようと手を上げた。その手首の細さにアダムは目をとめた。か細く、きゃしゃな手。キロランはとても繊細そうに見える。そろそろ休みを入れるべきかもしれない。アダムは顔をしかめて腕時計に目をやった。もう二時近い。朝から休憩なしで働いてきた。

「もちろんだ」アダムは目をこするとマウスから手を離して体を伸ばし、あくびをした。「君につき合うのも悪くないな。敷地内を案内してくれないか？

自慢の美しい庭を見せてくれ」

　アダムのおだやかな口調はキロランを和ませた。リラックスしているところを見せてくれた貴重な瞬間だった。彼はいつもこんなに張りつめているのかしら？　だとしたら、なぜ？

　キロランはほほえんだ。「それは命令かしら？」

「まあね」キロランが初めてほほえんでくれた。彼女はもっと笑うべきだ、絶対に。いや、そうすべきではないのかもしれない。こっちが理性を失いたくないのなら。「さあ、行こうか」

　キロランはアダムの先に立って外に出た。明るい光がまぶしく、アダムはしばし立ち止まった。豪壮な古い館《やかた》を取り囲む敷地は単に庭と呼ぶには言葉が足りないように思えた。エキゾチックなパラダイスに足を踏み入れたようだ。花壇には色鮮やかな花々が咲き乱れ、木と低木が植えられているところ以外は、完璧《かんぺき》に手入れされた芝生が広がっている。

　そこには永遠に変わらず続くもの、時間を超越したものが感じられ、しみじみした思いにさせられる。瞬間、アダムはキロランに羨望《せんぼう》に似た気持ちを抱いた。

「美しい」アダムはおもむろに言った。

「ええ、美しいでしょう？」

「見たことがない花がいくつかある」

「そうでしょうね。大部分はとても珍しい花なのよ」

「誰が植えたの？」

「曾祖父《そうそふ》のそのまた父よ。若いころにインドに住んでいて、帰ってくる時にできる限りの低木や木、花を持ってきたの。そのための温室を特別に建てたのよ。枯れたものもあれば、根づいたものもある。お花は石鹸《せっけん》の香料を作るのに使われたの。それからあとの話はご存じでしょ」

　なんらかの反応があるとキロランは期待したが、

彫りの深い横顔は黒大理石から切り出したかのように微動だにしない。だが、彼の目の奥で一瞬、何かが動いた。

「これは単なるビジネス以上のものなのよ」キロランはだしぬけに言った。「生き方、私たちの人生なの。レーシー家の昔からの生きざまそのものなのよ」無意識のうちにキロランの声は熱を帯びていた。「受け継がれてきた伝統を失ってはならない、その重要性があなたにはおわかりにならない?」

アダムは木の陰に巧みに造られた小さな池へ向かった。木もれ日で水面がまだら模様に光っている。キロランは自分が決して持てないものを持っている、とアダムは思った。それは自分が連続している鎖の一つであり、過去だけでなく未来の世代へつながっているという意識だ。時が流れても屋敷は変わることなくその姿を保ち続ける。過去、現在、そして未来の象徴として……。

こちらに向かってくるキロランをアダムは眺めていた。太陽を背にしたキロランはスポットライトを浴びているみたいだ。髪は後光が差しているかのように金色の光に包まれ、サマードレスの下の若い体の線がくっきり浮かび上がっている。彼女はこの上なく美しい。世界がその足元にひれ伏す女神のようだ。

彼女はすべてを当然のごとく受け取っている。この美しい女性に神は寛大すぎるほど多くのものを与えてきた。それらすべてを取り去った彼女はどんなだろう? それでも、お高くとまった態度をとり続けるだろうか?

アダムは蔑《さげす》むように唇をへの字に曲げた。「ああ、キロラン、君はそれしか考えられないのか? 自分の家族だけか? 地主で経営者としての自分の一族のステータスだけを?」

「ステータスなど関係ないわ! ここの人たちはわ

が家の仕事に頼っているのよ。ずっとそうしてきたの。あなただってかつてはそうだったじゃない」

アダムはかすかないらだちを覚えた。彼女はぼくに感謝しろというのか？　彼女の前にひざまずけと？

「君の傲慢《ごうまん》さ、思い上がりにはあきれるね。ぼくに身の程を思い知らせたいのか？　それとも、主《あるじ》としての君の立場をぼくに思い出させたいのか？」

「まるで私が自分の地位を鼻にかけた気取りやみたいに言うのね」

「違うとでも？」

「とんでもない、絶対にそんなことないわ！」

「君のお祖父《じい》さんがなぜぼくに会社再建の仕事をやらせようとしたのか知っているか？」

「いいえ」

「聞いていない？」

「話してくれなかったわ」

つまり、キロランは尋ねることは尋ねたのだ、とアダムは推測した。

アダムはキロランに話すつもりはなかった。だが、突然、話す気になった。社会における地位が彼女にとってどれほど大事なのか見てみたい。えらぶってなどいないと彼女は言った。その証拠をこの目で確かめてみようではないか。

「ぼくは片親の家庭で育った」糸杉が芝生に影を落としているところまで来るとアダムは語り出した。

「あら、私と同じだわ」

「まったく同じというわけではない。君の母親は未亡人だった。ぼくの母親はぼくの父親が誰かさえわからなかった。大勢いた男性の誰にでも可能性はあったんだ」

キロランはまっすぐにアダムを見つめた。

アダムはキロランの顔に強い衝撃、あるいは非難めいたものを探した。だが、そこにはおだやかな表情があるだけだ。あまのじゃくにも、アダムはそこに驚きを、非難を見たかった。卑しい存在と決めつけてもらいたかった。そうすれば、彼女に対しても同じことができるのでは？　彼女が母親に似ていると思えれば、事態ははるかに簡単になるのに……。母親と同じ底の浅い価値観の持ち主だと思えればどんなに楽か。そのエメラルド色に輝く瞳でこちらを見つめたりしないでほしい。思いやりに満ちた緑色の炎でこちらの心はとろけそうになってしまう。

「ぼくはバートン・ストリートで育った――知っている？」

「知ってはいるわ、行ったことはないけれど」

「だろうな。君があそこにいる姿など想像できない」アダムは池の周囲で小鳥が水浴びをしているのを眺めていた。「ぼくの子供時代、家にはおじさんたちが入れ替わり立ち替わりやってきた」

アダムは株価を復唱するかのように淡々と語っている。彼の心は顔と同じように冷酷なのだろうか？

「それはさぞ……つらかったでしょうね」

「大きくなるにつれて、事態はますます耐え難くなっていった。だが、ぼくには逃げ道があった。学校の成績がよく、懸命に勉強したんだ。土曜日のアルバイトにも精を出した。町のパン屋で働いていたんだ。あのパン屋、知っている？」

「もちろんよ」

アダムはいままで、このことについては誰にも話さなかった。長年、記憶の底に押し込めてきたのだ。それがここへ戻ってきたのをきっかけに、一気に表面に浮かび上がってきた。でも、なぜ彼女に話す？

「働き始めた時から給料を貯《た》めていた。大学へ行くには金がいるからね」

「それで？」

「ぼくはパン屋の鍵《かぎ》を持っていた。夜、働かなくてはいけない時もあったからだ」アダムは言葉を切った。長く、重苦しい沈黙が流れた。「ある夜、母親の愛人がその鍵を盗んだ。やつは店に押し入り、中を荒らした。レジの金を含め、盗《と》れるものはすべて盗っていった。翌朝、二人ともいなくなっていた」

「あなたのお母様も？」キロランは驚いて息を吸った。

「そうだ」

「それからどうなったの？」

「もちろん、ぼくはお払い箱になった。金を返さなければ警察に訴えると脅された。だが、人から疑われている時、返す金を稼ぐ仕事など見つかるはずがない。その時、ボーンが助けてくれたんだ。ぼくが彼に借りがある理由がこれでわかったろう？　誰もチャンスを与えてくれない時、彼はぼくを信じてくれた」

語られた話にキロランは動揺していた。「それで、お母様は？　いまでも会っているの？」

「それ以後、二度と会っていない」アダムはそっけなく答えた。「さあ、いまの話を聞いてどう感じる？　優越感？　優越感か？」

「優越感？　どうして？　人は自分が生まれ育つ環境は選べないものよ」母親の無分別さを、そして、それに目をつぶっていたことを思い出し、キロランは唇をかんだ。母親の軽率な行いを無視し、そうすることで、すべては消え去るかもしれないと期待していた。母親が結婚してようやく、キロランは一人前の大人として振る舞えるようになった。「とにかく、あなたがさっき話したように、いま、ここで支配権を持つ人間がいるとしたら、それはあなただわ。采配《さいはい》を振るっているのはあなただもの！」

その言葉はアダムに過去ではなく現在に目を向けさせた。「君はレーシーズのような中小企業の繁栄が永遠に続くと本当に思っているのかい？」アダムは静かに尋ねた。「これらすべてを所有し、監督するのは神から与えられた権利だと？　社会というものは安定だけでなく変化も大事だ。そして、人は時の流れに順応していかなければならない」

「つまり、状況は絶望的だというの？」

アダムは首を振った。キロランの苦悩に満ちた目がアダムの良心を容赦なく責め立てる。なぜ、彼女に厳しくするのだろう？　無意識のうちに彼女を罰しようとしているのか？　それは、たまらなく彼女を欲しい気持ちにさせられるから？　それとも、自分にはないルーツが彼女にはあるからか？　だとしたら、自分は正直でもなければフェアでもない。

「絶望的だとは言っていない。もし、そう考えたとしたら、ここで時間をむだにはしないさ」

「ありがとう」キロランはそっけなく応じた。

「キロラン、君はまず真実に耳を傾けることを学ばなければいけない。実を言うと、まだ答えは見つかっていないんだ。会社は救済可能かもしれないし、不可能かもしれない。あらゆる事実と数字を調べるまで、答えは出ないだろう」

「そして、私がもっと敏感で注意深かったら……エディの不正行為を見抜いていたら、こうした問題など起こらなかった。そうなのでしょう？」

アダムはキロランの方を向いた。「その答えもわからない」正直なところそうだ。

「そうだったかもしれないとおっしゃるの？」

「自分でもよくわかっているだろう？」

「ああ！」キロランは顔をそむけ、明るい夏の日ではなく冬枯れの日差しの中に立っているかのように両手で胸をかき抱いた。「私、なんてことをしてしまったのかしら？」

その声にアダムはかつて自分自身が感じた絶望を感じ取っていた。あの気持ちは決して忘れられない。ふいに同情が頭をもたげた。「キロラン……」

キロランは振り向いた。キロランを見下ろすアダムの引き締まった顔。目には強い光がたたえられている。「何?」

「しばらく様子を見ようじゃないか」

キロランはうなずき、唇をかみ締めた。まぶたの奥からあふれそうになる涙を彼に気づかれないように……。しばしの間、二人とも身じろぎもせず立っていた。キロランは体に熱い欲望が広がっていくのを感じていた。

置かれた状況に対するフラストレーションが吹き出し、それが別のフラストレーションへと変化していた。いままで、男性に対してこんなふうに感じたことはなかったし、その腕に抱かれ、この熱い炎を消してほしいと願ったこともなかった。

アダムはキロランを見下ろした。キロランの目に浮かんでいるメッセージは間違えようのないほどはっきりしている。女性に関する経験が豊富なアダムはそれを読み間違えはしなかった。

彼女はぼくを欲している。

そのやわらかな唇、陰りを帯びた目がそれを語っている。視線を胸に落とさずとも、薔薇《ばら》のつぼみはぼくのじらすような愛撫《あいぶ》を求めて硬くなっているのがわかる。そして、あたりには誰もいない。

アダムは強い誘惑に駆られていた。やわらかな芝生の上に彼女を押し倒し、絹のような髪に指をからめる……。

だが、アダムはキロランから離れた。

「さあ、行こう。昼食を食べたほうがいい」アダムは熱い欲望を押さえ込んだ。

アダムがようやくコンピューターのスイッチを切り、キロランの方を見た時には八時を過ぎていた。

「疲れた?」

疲れたなどというものではない。だが、キロランはなんでもないというように——そう見えるといいのだが——ほほえんだ。「まあね」

アダムは立ち上がった。「ぼくはこれで失礼するよ。ロンドンまで車を運転して帰らなくてはいけないから」

黙っているのは無作法に思えた。相手がほかの人でも同じことを申し出ていただろう。「一日、ハードな仕事をしたあと、長距離を運転して帰るのは大変だわ。よかったら……泊まっていく?」

感覚が一気に目覚め、アダムはしばし、夢想にふけった。彼女は自分のベッドを提供しているのではない。でも、想像せずにはいられなかった。大きなベッドに彼女を横たえる。シルクとレース以外、何も身につけていない美しい肢体を思い描きながら、グリーンのドレスをゆっくり脱がせる。ぜいたくな下着に隠された秘密の曲線、そして、陰。まず目で楽しんで、それから唇と指で……。

「それはあまりいいアイディアではないな。君だって同感だろう?」アダムは低い声で尋ねた。

「確かにそうね」同意したキロランだったが、アダムがそう思う理由は尋ねなかった。二人の間の空気はぽきんと折れそうなほど緊張に満ちていた。

6

「株主との会合を取り決めたよ」ファイルを腕いっぱいに抱えてオフィスに入ってきたキロランに、アダムはそう告げた。

キロランはファイルをアダムのデスクの上に置いた。「いつ？」

「来週の日曜日にロンドンで。急だったので、全員を集めるにはその日しかなかった。ぼくの新しいオフィスを使うことにしたから」アダムは椅子の背にもたれ、目を細めた。「それでいいかな、キロラン？」

どう返事すればいいの？　株主につるし上げられるより乗馬をしていたいと？　私をそんなふうに不機嫌な顔でにらみつけるのはどうしてと？「日曜日で結構よ」

アダムはいま問題の全体像をつかんでいた。ゴールは見えている。だが、キロランと会えなくなるのを寂しく思う自分の心を意識していた。ちょっと短気なところ、時々見せる強情そうに口をとがらせたしぐささえ恋しくなるかもしれない。アダムは髪を指でかき上げた。「仕事の話だけど、ぼくの助言を聞く気はあるかな？」

「ぜひ、うかがわせていただきたいわ」

キロランが椅子を引き寄せた。魅力的な腿がすぐそばにあり落ち着かない。アダムはこっそり脚をずらした。「状況はまさに最初に予想したとおりだったよ。君のところは時代に遅れている。コストについてもっと真剣に検討する必要があるな。ここで言っているのは生産ラインについてではない」

「というと？」

アダムは書類の束に目を落とした。「たとえば、パートタイムのデザイナーを雇えば、いまのように高いデザイン会社を使うより経済的だ」

キロランはうなずいた。それはもっともだ。こんな簡単なことをどうして自分で思いつかなかったのだろう？

「でも、そうすると支払う給料が増えるわ」

「ああ。しかし、仕事はたくさんあるのだから、長期的に見れば安上がりになる」

「確かにそうね」キロランはアダムを見つめた。「ほかには？」

「君の持ち株の一部を売るのも一つの方法だ。そして、利益の一部を投資に回す」

「わかったわ」

反論を覚悟していたアダムは、キロランが珍しくあっさり同意したのでめんくらった。「君もよくやってはいたが――」

「それはどうも」

「いや、単なるお世辞ではない。君は流行に遅れずに製品を多様化し、アロマセラピーやにおいつきのキャンドルを売り出した」

そのほめ言葉はキロランにとって何よりもうれしかった。だが、二人はいま、キロランの自尊心を満足させるためにここに座っているのではない。問題の解決を求めているのだ。「ほかには？」

「それから、レーシーズを存続させたいなら、君の生活を切りつめなければならないだろう」

「切りつめる？」キロランは警戒する目になった。「どういう意味かしら？」

「君の勝手気ままな生活は会社に支えられている」

「勝手気まま？」キロランは憤然ときき返した。

「そうさ。君はあの広大な屋敷に住み――」

「私が屋敷を売るのに同意すると期待しているのなら、考え直すことね。そんなまね、お祖父様《じい》が決してお許しにならないわ」

「最後まで聞くんだ。売るなどとは一言も言ってはいない。君にとって屋敷が大きな意味を持っているのは承知している。だが、あのスペースの有効利用を考えてもいいのではないだろうか？　広い部屋の一部を会議場として貸せば儲《もう》かるだろう？」

「屋敷をビジネスにするっていうわけ？」

ショックでいきり立つキロランの声をアダムは無視した。「やむを得ずそうしている人は大勢いる。それとも、君は自分が特別で、そんなさもしいまねはしないとお高くとまっているのか？」

その言葉にキロランは傷ついた。「私がお高くとまっている？　あなたはそう思っているの？」

「だって、乗り気ではなさそうだから」

「あなたの提案を私が大喜びで受け入れるはずがないでしょう？　それに、部屋を貸し出すとなれば、管理のための人間も必要になるし」

「でも、できないことではない」手のひらで頭を抱えたアダムは細めた目の間からキロランをうかがった。「それから、一時的にしのがなければいけないキャッシュフローの問題についてだが――」アダムは間を置き、キロランの反応をうかがった。「君が所有している絵画を一点、売ればどうかな？　会議室にかかっているアウグストス・ジョンのエッチングならすぐに売れるだろう」

「アウグストス・ジョンがうちにあるのをあなたが知っていたなんて驚きだわ」

「ぼくがアウグストス・ジョンを知っていたのが驚きなのかな？」アダムは皮肉たっぷりに切り返した。

二人の目が合った。キロランの頬に血が上ってくるのをアダムは眺めていた。

「あなた、本気なの？」

「ああ、キロラン」アダムはじれったそうに言った。

「君は屋敷中に山ほどの絵画を飾っているじゃない

か。その一つを売ったところでどうということはないだろう？」

「地元のアートショップで買えるポスターなどとは違うのよ。あなたはわからないのよ、あれは――」

「絵は昔からあるもので、自分にとって特別なものだとまくし立てるつもりならやめてくれ。絵が君にとって大切なものだということくらい承知している。だが、君は問題の解決策を教えてくれと頼んできた。そして、ぼくは痛みを伴わない方法を思いついた」

「痛みを伴わない？」持ち株を売るのは耐えられる。でも、あのエッチングは私の過去、私の人生の一部なのだ。私にとって重要なものの象徴なのに、アダム・ブラックは一言で片づけてしまう。

「君に名案があるのかい？　なら、教えてもらいたいね。いいかい、キロラン、君は非常に価値があり、買い手がつきやすい絵画を市場に出す。そして、資金はあるという自信を持って株主との会合に臨める。

それで、万事解決さ。株主たちはいろいろ質問するだろう。だが、答えはすべて用意されていて、不安は一掃される。簡単なことさ」

簡単ですって？「ほかに方法はないの？」

「あるなら教えてくれ」

あなたのおかげで人生がずたずたに引き裂かれたような感じだとキロランは言ってやりたかった。でも、結局のところ、彼は公平な調停者としてここにいるだけ。彼に関係ないものに強い愛着を持ってもらいたいと期待するほうが無理だろう。

「選択の余地はなさそうね」

だが、アダムは首を振った。「いや、選択肢は常にある。ぼくの助言を受け入れず、会社が倒産するのをただ眺めているという手もあるんだ。あのエッチングがそれほど大事なら、好きにすればいい。持っていればいいだろう」

顔を上げたキロランの反応を見極めるかのように

アダムの灰色の目がひたと見つめている。「わかったわ、エッチングは売ります。でも、お祖父様の許可を得ないと」

ちょっと厳しすぎたかもしれないと瞬間、アダムは後悔した。でも、これしか方法はない。彼女はもはや経済的に無理なライフスタイルにしがみつこうとしている。彼女は頑固だ。頑固な女性は馬に似ている。誰がボスか厳しく教え込む必要がある。

アダムはふうと息を吐き出した。「君に納得してもらえてよかったよ。それから、もう一つ、君が関心を抱くかもしれないニュースがある。ぼくの仕事はこれで終わりで、株主との会合が終われば二度とぼくの顔を見なくてすむ。さぞうれしいだろうな」

うれしく思うはずだった。そうなるはずなのだ。しかし、人は当然抱くべき感情を常に抱くとは限らない。アダム・ブラックがいないレーシーズは退屈な場所になりそうだという失望感が胸いっぱいに広がってくるのはどういうわけだろう？「今週の一番うれしいニュースね」キロランはおだやかに相づちを打った。

そして、嘘《うそ》が悟られなければいいと願った。

7

株主との会合は首都の心臓部、ロンドンでもっともエネルギッシュなシティの中心にある、フェンチャーチ・ストリート駅に近いアダムの有名な新しいオフィスで開かれた。

オフィスはすぐに見つかった。制服を着た警備員がキロランを高層ビルの中へ通してくれた。広々とした大理石のホールの頭上にはクリスタルのシャンデリアが輝いている。

「エレベーターを三十階までお上がりください」警備員は笑顔で伝えた。

ビルの最上階でエレベーターを降りたキロランは開け放たれたドアから流れてくる人々の低い話し声の方へ向かった。部屋へ入ると十の顔が――男性が八人に女性が二人――キロランに向けられた。

だが、すぐにキロランの目に入った顔はアダムだった。ネクタイを緩めて座っている。髪の毛は乱れ、灰色の目にはシャンデリアも負けそうなほど強い光がたたえられている。

アダムと最後に会ってからまだ一週間足らず。それなのに、突然胸が重く疼《うず》き、心臓が早鐘のように鳴り出した。彼の存在に体が反応し、全身の感覚が一気に目覚めたかのようだ。

アダムは顔を上げた。そこに立つキロランを見て喜びが込み上げる。でも、それは不思議ではない。彼女を前にしたら、男性なら誰でもどきどきするはずだ。アダムはそう自分に言い聞かせていた。「やあ、キロラン、ほかの人は全員そろっているよ」

「待っていたのよ」アダムの横に座った女性がわざとらしくほほえんだ。

叔母のジャクリーンはブロンドの美人で、キロランの母親によく似ていた。ありとあらゆる化粧品を顔につけているかのようだ。

「こんにちは、ジャクリーン叔母様」

「ちょっとやせたようね」叔母はキスを受けるべく青白い頰を差し出した。「ダイエットでもしたの?」

アダム・ブラックと一緒に仕事をしたら、ろくに食事をする時間もない。でも、そんなことを言うつもりはなかった。「意識してやったわけではないんだけど」

「さあ、座って」アダムは自分の正面の空いた椅子を指さした。

その時になって初めて、キロランはアダムを挟んで叔母の反対側に座っている人物に気がついた。いとこのジュリアだ。黒い髪で黒い目のジュリアはマドンナを思わせる美人だ。高価な真っ赤なドレスを着て、真っ黒な髪を顔の中心から二つに分けている。

彼女もアダムを見つめている。思いがけずクリームの入った皿を見つけ、それを独り占めしようと舌なめずりしている猫のようだ。だが、キロランはジュリアを責める気にはなれなかった。

「こんにちは、ジュレス」

ジュリアは視線をアダムからもぎ離し、いとこに向かって思わせぶりにほほえんだ。「あら、キロラン」

ジュリアの去年の誕生日以来、二人は一年近く会っていない。ジュリアのパーティはいつも盛大だった。招いてくれるのは華やかなロンドンの暮らしを見せつけるためではないかとキロランは疑う時もあった。

「ここ、すばらしいと思わない?」ジュリアは天井が高く、凝った室内装飾が施された部屋を見回した。「レーシーズがドールハウスに見えてしまうわね!」

「本当にすてきな部屋ね」キロランはそっけなく相

づちを打った。

ジュリアは朝のお茶会の女主人役を務めているかのように、目の前に置かれた銀製のポットを取り上げた。「どなたかコーヒーは？　アダム、あなたはいかが？　一息入れたそうな顔をしているけど」

首を振ったアダムはキロランを眺めていた。椅子に座ったキロランは髪を後ろになでつけている。光沢のあるブロンドの帽子をかぶっているように見える。目の下にはかすかに隈《くま》ができている。眠れぬ夜を過ごしたのだろうか。ぼくと同じように？

「いや、結構だ」アダムは無愛想に断った。「時間をむだにすることはない。キロランが来たのだから、すぐに本題に入るべきだろう」アダムは間を置き、声の調子を上げた。人々はおしゃべりをやめてアダムに注目した。「まず第一に、状況は思ったほど悲観的ではないと申し上げたい」

「本当に？」信じられないというようにジャクリー

ン叔母は眉をつり上げた。「なくなったお金が戻ってきたの？」

アダムは辛抱強くほほえんだ。「残念ながらそれはありません。だが、われわれは緊急対策を考えた」

「緊急対策？」叔母は再び尋ねた。

「すでにキロランには対策案を示してあります。そして、キロランも了承してくれた」

灰色の目が問いかけるようにキロランの目を見つめている。キロランはかすかにうなずいた。室内にいる全員の顔がキロランに向けられた。

「そこにはレーシー家の屋敷の広い部屋をビジネスの会議用に貸し出すことも含まれています」

ざわめきが広がり、アダムはいったん言葉を切った。

「キロランとボーンはアウグストス・ジョンの作品を売ることにも同意してくれました。皆さんもご存じかもしれないが、あの作品はまったくの個人用資産です。しかし、絵を売った売却益は事業に投入されます」アダムは一同を見回し、反応をうかがった。「二つの案に今日、ここで反対なさる方はいないと思います。この解決策で大きな影響を被る二人、キロランとボーンが同意しているのですから」

ジャクリーン叔母が笑い声をあげた。「なんてこと！　高級ゲストハウスをやるつもりなの！　あなたのお母様がなんとおっしゃるかしらね？」

「ほかに方法がないのをわかってくれますわ」キロランは低い声で答えた。母親には昨日の夜、電話して事のしだいを伝えてある。

「お金持ちの夫に頼んであなたを助けてあげるとは申し出てくれなかったの？」ジャクリーンは意地悪く尋ねた。

アダムは口元を引き締めた。それがレーシー一族の女性の処世哲学なのか？　男性を引き出し自由な小切手帳と見なし、目をぱちぱちさせて視線を送れば、いつでも男性が助けてくれると思っているのか？　だとしたら、なぜ、キロランはそうしなかったのだろう？　彼女なら気前よく金をはたいてくれる中年男を難なく捕まえられたろうに。

アダムの顔につかのま浮かんだ不快げな表情にキロランはたじろいだ。「人に助けてもらうなんて考えていなかったわ。広間を会議場として公開するつもりよ。最近では、こうしたことをやっている大邸宅は多いもの」

「すばらしいアイディアだと思うわ」ジュリアが口を挟んだ。そして、アダムが彼女の方を見ると、ジュリアは誘うように唇をかすかに開いた。「いずれにしても、私、あの古くさい絵は好きじゃなかったし。暗すぎるもの！」

目を伏せ、磨き込まれたテーブルを見つめたキロランはいとこの態度に強い悲しみを覚えていた。あの絵は確かに古い。でも、上品で、それでいてとても官能的だ。入浴後、体をふいている女性が描かれていて、簡潔な線がその輝く濡《ぬ》れた肉体を見事に表現している。

絵はキロランが覚えている限り、ずっとあの部屋にかけられていた。母親の子供時代も、そして、祖父の子供時代にも、そして、さらにその前にも。過去を守りたいと望むのがそれほどいけないことなの？

顔を上げるとアダムがこちらを見つめていた。灰色の目によぎった理解の印にキロランはとまどい、驚いた。

「とても大事にしてきたものを手放す犠牲をわれわれの誰もが充分に理解していると思います」アダムは静かに言った。「さあ、この二つの案件について評決を取りたいのですが」

それからあとは単なる形式的な手続きとなった。投票が行われ、二つの案は可決されて会合は終わり、準備されていた飲み物が供された。

なんだか拍子抜けしたキロランはできるだけ早くその場を去りたかった。でも、それは無作法というものだ。株主たちは当然の権利を要求し、そこには経営者と話をすることも含まれている。キロランは明るく気のきいた会話をし、アダムを無視しようと努めた。だが、それは天井を突き破って落ちてきた隕石《いんせき》に知らぬ顔をするようなもので、とうてい無理な話だった。

アダムの存在、その低い笑い声が気になってしかたがない。ジュリアがアダムの注意を引こうとしていて、アダムもまんざらではなさそうなことも。でも、驚くことでもない。多くの男性が振り向くのはジュリアのその美しい容姿のせいだけではなかった。彼女には子猫のような従順さがあり、男性にはそれがたまらない魅力なのだ。

ジュリアは、男性というものはほめ、おだて、甘やかすものと思っている。男性は常に正しいという古い考えの持ち主で、男性のジョークはちゃんと聞いてやり、おもしろくても、おもしろくなくても笑ってあげる。ジュリアはこれまで三度、婚約した。土壇場で思い直し、あとには傷心の若者が残されたが、婚約の回数からして、従順な態度が効を奏したのは明らかだ。

アダムもその従順さを好ましく思っているらしいのは、彼のジュリアに対する態度からうかがえる。キロランは沈む心で二人を眺めた。ジュリアはつま先だってアダムの耳に何やらささやき、アダムはジュリアの話を笑って聞いている。

キロランは手にしていたグラスを置いた。二人の頭がさらに近づくのを、ジュリアが獲物を狙《ねら》い、アダムが進んで犠牲者になるのを見てはいられない。

キロランは深く息を吸うと二人に近寄った。ジュリアは得意そうな顔をキロランに向けた。

「アダム、私、もう帰るわ」

キロランの顔の青さにアダムは気がついた。この会合が負担だったのだろうか？　緊急対策案を主立った株主に承認してもらうためだけにロンドンに出てくるのは、まったくの時間のむだだと思ったのかもしれない。だが、礼儀上ここに来る必要があった。それで万事スムーズに解決した。そうではないか？なら、なぜ彼女の顔はこんなに緊張しているのだろう。目には陰りがあり、むき出しの腕には鳥肌が立っている。

アダムの視線はキロランの胸の谷間にじらすようにかかっている金の十字架のペンダントヘッドに吸い寄せられていた。いままで、ずっと彼女を心の中から追い出せなかった。そして、いま、彼女にいてほしいと願っている自分の気持ちをアダムは意識した。

口を開いたアダムの声はかすれていた。「キロラン、まだいいだろう？　もう一杯、飲んでいったら」

心が動く申し出だ。とくに、彼と飲めるなら……。でも、彼はいまジュリアとシャンパンを飲んでいる。私にはシャンパンで祝うものがあるのだろうか？

「ありがとう。でも、私、帰らなくては。やらなくてはいけないことがたくさんあるから」

「わかった」今日のキロランには風が一吹きしたら飛んでいってしまいそうな、どこかはかない美しさがある。アダムはレーシー家の庭で、太陽の光が後光のようにキロランのブロンドの髪を照らしていたさまを思い出していた。そして、黙っていたほうがよかったかもしれない話を彼女にしたことも。打ち明け話をしたことにアダムは困惑していた。話の中身よりも、話したという事実、打ち明けた相手にとまどっていたのだ。アダムは手を差し出した。「じゃあ、さようなら、キロラン」

握手を交わしたキロランはつかのまの接触を楽しんでいた。そして、思った。状況が違っていたら、まったく別のアダムを見ることができたかもしれない……。「さようなら、アダム。いろいろ、ありがとう」

キロランはジュリアの頬にキスをし、ジャクリーン叔母にあいさつをするとそそくさとオフィスを出て地下鉄へ向かった。しかし暗いトンネルを進む地下鉄の中でも、アダムのことが頭から離れない。ロマンチックな幻想を抱くのはやめなければ。夢を見たところでどうにもならない。彼のことは忘れるのよ。

それから数週間、キロランはできる限りアダムを忘れようとした。

まず、エッチングをオークションに出すために競売人に連絡を取った。オークション会社から来た、きざだが愛想がいい男性は絵を一目見て興奮した。

「これはすばらしい。実にいい。買い手はすぐに見つかりますよ」彼はキロランを見た。「手放すのは残念でしょうね？」

「とても悲しいわ。でも、これでこの世の終わりというわけではないもの」キロランはにっこりほほえんだ。絵を売るのは現在の危機を抜け出すためだけではない。アダム・ブラックに私だってちゃんとやれるところを見せたいからだ。

それから、役所に電話をかけ、屋敷の部屋を貸すのに必要な手続きを問い合わせた。建物の改築許可や安全および衛生面のこと、建築規制など、話し合わなければならない問題が数多くあった。一連の事務手続きが終わると屋敷に横柄な女性がやってきて、レーシー家の広いキッチンの若干の修築とバスルームの増設が必要で、それらはすみやかに行われなければならないと告げた。


キロランがお茶とレモンケーキを出すとその女性は少し打ち解けた態度になった。「ビジネス雑誌にすぐに広告を出したほうがいいかもしれませんね。時は金なりといいますから」

屋敷と庭の写真を撮らせ、『インベストメント・トゥデイ』に一面広告を出した。

「広告費をけちってはいけません」雑誌の広告担当の編集者は忠告してくれた。「広告費を削るのは間違った節約法ですよ。正しい顧客に的を絞るのが肝要です」

改装工事が始まると、キロランは祖父に、オーストラリアにいるキロランの母親に会いに行くよう説得した。前々から行くつもりにしていた祖父は、足場や工事の残骸《ざんがい》があたりに散乱するのを見てついに重い腰を上げた。

「いつまでも先延ばしにはできないものな」祖父はキロランに悲しげな様子で言った。

キロランは祖父の言う意味がわかっていた。祖父は高齢だ。物事を先延ばしにしていたら、できなくなってしまうかもしれないのだ。

警察はエディ・ピーターハウスの行方をまだつかめていない。だが、もうその問題はどうでもいいように思えてきた。レーシーズは危機から脱し、社員の不安は取り除かれた。アダムが出口を見つけてくれ、キロランは彼が提示してくれた対策を実施している。

むろん、キロランはアダムのことを思っていた。考えまいと誓ってはいたが、あのようにダイナミックな男性は簡単には忘れられない。毎夜、疲れ切ってベッドに倒れ込んでも、彼の夢を見る。起きている時に彼のことを考えまいと努力はできるが、夢はどうしようもない。無意識の心が強く働いているのだ。そして、官能的な夢はあまりにも強烈で眠りもとぎれがちになってしまう。

秋の気配が漂い始めたころ、郵便受けに一通の封書が舞い込んだ。ジュリアの誕生パーティの招待状だった。キロランはそれをマントルピースの上に置き、ジュリア自身から電話がかかってくるまで、そのことはすっかり忘れていた。

「それで?」ジュリアは尋ねた。「来てくれるの?」

「ごめんなさい、忙しかったのですっかり忘れていたわ。いつだったかしら?」

「土曜日よ」

「土曜日? それって今週の土曜日?」

「招待状にそう書いてあったでしょ!」

キロランはデスクの端に腰を下ろした。アダムが去ってからほとんど休みなく働いてきた。パーティはちょうどいい息抜きかもしれない。

「ええ、ぜひうかがうわ」

「ところで……」しばしの間があった。「アダムも招待したのよ」

キロランの胸の鼓動が速くなった。「そうなの？」さりげない口調に聞こえるといいとキロランは祈った。胃の底が重苦しい。アダムを招待したということは、ジュリアは彼とつき合っているのだろうか？

「ええ、そうなの」電話の向こうでため息が聞こえた。「呼ばなきゃよかったと思うけど、いまさら、取り消すわけにもいかないから」

「そう……」

再びため息が聞こえた。「私、アダムにちょっとモーションをかけたのよ。私の人生で生まれて初めて、誘いに乗らない男性に出会ったわ。その気がないだけでなく、興味も示してくれなかった！　いいけ？」

「それで、あなたは悲しみに打ちひしがれたわ勉強になったわ」

「とんでもない！」ジュリアは笑った。「一分間はそうだったかもしれないわ。でも、それから、代わりのすてきな男性を見つけたの。背が高くてお金持ちでハンサムよ。アダム・ブラックではないけれど、だからこそいいのかもしれない。私は私の言いなりになってくれる男性が好きなの。どう考えても、アダムはそうなってくれそうにないもの。キロラン、あなたは彼が好きなのでしょう？」ジュリアはさりげなくつけ加えた。

「アダム・ブラックについての私の意見はあなたとほぼ同じよ」

「土曜日には必ず、来てくれるわね？」

「ええ、楽しみにしているわ」キロランは憂鬱《ゆううつ》な気分で受話器を置いた。アダムに会いたくない。でも、一度行くと返事をしてしまった以上、いまさら断れない。出席と言っておきながら、アダムが来ると知って気持ちを変えたとジュリアが彼に話してしまったらどうするの？　私がおじけづいたと彼は笑うだろう。そんな楽しみを彼に与えてはいけない。

勇気を出して。パーティには行くのよ。そして、早めに抜け出せばいい。誰も気づきはしないだろう。心の内の乱れを隠すためキロランは細心の注意を払ってパーティのドレスを選んだ。

キロランはわざと深紅のドレスを着た。鮮やかで大胆でドラマチック。赤は血の色、生命の色だ。

ことさらに肌を露出したデザインではないが、ドレスは体にぴったりフィットして腰や胸の線が強調され、黒いヒールで歩くと裾《すそ》がかすかに揺れる。髪は頭上でまとめて赤いピンでとめた。こぼれた巻き毛が顔を縁取っている。緑色の瞳に真っ赤な唇。血が通った女性というより人形のように見える。だが、キロランは気にしなかった。

キロランは車を運転して出かけた。そうすれば自由に行動できる。ロンドンに一晩、泊まる必要もなければ、時間どおりに来るか来ないかわからない電車に頼る必要もない。

だが、ロンドンに到着すると道路はとてつもなく込んでいた。渋滞の中、身動きが取れず、ジュリアの家の近くに来た時には二時間ほど遅れていた。このまま回れ右をして帰ってしまいたい。

さあ、しっかりしなくては。キロランは腹立たしげに自分に言い聞かせた。いつから失恋した女学生みたいにうじうじするようになったの？　もしかしたら彼はもう帰ってしまって、いないかもしれないじゃない。

チェルシーのタウンハウスの前に車を停《と》めたキロランが重い心で車から降りると、音楽が家の外にまで聞こえていて、誰かが気がついてくれるまで、呼び鈴を二度、鳴らさなければならなかった。

キロランが一度も会ったことのない女性が、ぞっとする色のカクテルが入ったタンブラーを手に玄関に現れた。「こんばんは」明るく言ったその女性は酔った目でキロランを見つめた。「あなた、誰？」

「キロランよ、ジュリアのいとこ」

「彼女なら家の中のどこかにいるわ。さあ、入って」

家の中は音楽が大音響で鳴り響き、いたるところに人がいた。キロランはジュリアを捜したが、見つからない。実のところ、知っている顔は一つもなく、疎外感は増すばかりだ。

キッチンへ向かったキロランは人込みをかき分けてワインのグラスを見つけると、パーティ会場へ戻った。

最初の部屋はダンスのふりをしながらぴったり抱き合っているカップルであふれていた。

二番目の部屋も込んではいたが、立つ余地はあった。ジュリアを捜して前へ進んだキロランはその場に棒立ちになった。

アダムがそこにいたからだ。

華やかな女性の一団に囲まれているのでよく見えないが、彼の存在は目立っていて、間違えようがなかった。背が高く、肩幅は広くがっしりしていて、それでいてすらりとした体つきだ。真っ黒な髪に、目には強い光をたたえている。その目が自分に向けられる前にキロランは逃げ出し、キッチンを抜けて庭へ出た。

意外にも、空気はすがすがしく、いい香りがした。かすかに聞こえる車の音だけが都会にいることを思い出させてくれる。ワインを一口飲んだキロランは背後に人の気配を感じ、むせそうになった。振り向くと、背の高い人物がじっと動かずにこちらを見ている。何を考えているかわからない灰色の目……。キロランは庭の一部になったかのように、その場に立ちつくしていた。

むろん、アダムはキロランに気づいていた。ただこの煙や甘ったるい香水のにおい、きらびやかなパーティドレスの間から、キロランのブロンドの髪に深紅のドレスをすぐに見つけた。

そして、キロランが部屋からそそくさと出ていくのを見て引き締まった唇の端にかすかな笑みを浮かべた。彼女はぼくがあとを追うとわかっていたのか？ それを期待していた？

「やあ、キロラン」アダムはおだやかに声をかけた。

キロランは喉をごくりとさせた。「こ、こんばんは」

キロランに近づくにつれ心臓の鼓動が速くなるのをアダムは感じた。それなのに、彼女が着ているドレスの色は炎のような赤。冷ややかで誰も寄せつけない雰囲気を漂わせている。実に皮肉だ。彼女は男性に、このぼくに触れられるために生まれてきたかのように見えるのに……。

キロランのことは考えまいとしてきたが、結局、彼女のことばかり考えていた。彼女にはどこか危険なものを感じるが、それがなんなのかははっきりしない。その場の成り行きで彼女に自分の過去を少し話してしまったせいなのか？ いつもは世間に対して隠している部分を彼女に見せてしまったから？

だが、日がたつにつれ、その危険は避けるべきものではなく向かい合ってみたいものになっていた。そして、自分がこの時をどれほど待っていたか、いま、ようやくわかった。

アダムの目の表情を見てキロランの胸は激しく鳴っていた。獲物を狙うような目。官能的で多くの期待を抱かせる目。

「君はとても……すてきだ」アダムは慎重に言葉を選んだ。

アダムもすてき。ええ、本当にすてきだわ。「パーティですもの」キロランも注意深く答えた。この近さだと、かすかに濃くなった彼の顎のひげや、上のボタンがいくつか外れてはだけた絹のシャツの間からのぞいている黒い胸毛が見て取れる。

アダムはグラスをテーブルに置いた。「会社の立て直しは順調に運んでいるそうだね」

「そう思いたいわ。エッチングは売れたのよ」

「だろうと思った。よくやった。つらかったろうな」

皮肉を感じてキロランはアダムをちらりと見た。だが、からかっている様子はない。

今夜の彼はいつもと違うとキロランは思った。オフィスでは、セクシーな部分をのぞかせただけだったが、今夜の彼は誰の目にも明らかなその魅力のすべてを外に出している。

「ぼくに会いたかった?」

ちゃかして尋ねるアダムの目をキロランは挑むように受け止めていた。「どう思う?」

「かもしれないと」

「あなたって信じられない人ね」

「やっぱりな」

「私はそんな意味で言ったわけではないわ。わかっているくせに」

緑色の炎の輝く瞳、誘うような、やわらかい深紅の唇。これほどまでに彼女を欲していたとは……。いまや、欲望は募るばかりだ。

「そんなに突拍子もない憶測だろうか? ぼくは君が恋しかった、そして、君も同じように感じていたかもしれないと思っただけだ」

キロランの胸がどきんとなった。「あなたが……私を恋しかった?」

手を伸ばし、真っ赤なピンでとめられた髪をほどいてみたい。「自分でも意外だったが、君が恋しかった」

「それはお世辞かしら?」

「君がどう取るかだ。僕の言葉は事実で、それ以上でも、それ以下でもない」

何か不安を覚える。それ以上でも、それ以下でもない——彼はこれから先の二人の関係のルールを言っているかのようだ。いまのうちに彼から離れるべきだと本能が警告している。だが、自分でも不可解な感情が働き、ここにとどまりたい気持ちに駆られてしまう。「とにかく、いま、私はここにいるわ」

「ああ」アダムの視線がキロランの体の上をさまよっている。そして、キロランの耳にかろうじて届く程度のひそやかな声で一言、言った。「ほら」

キロランはアダムの視線の先を追った。アダムの指が上腕のかすかに鳥肌が立っている部分のすぐ上にかざされ、そこから手首まで線を描くように宙をなぞった。アダムは実際に触れてはいない。だが、体の内が震えるのをキロランは意識していた。キロランはアダムを見つめた。

「ね？」アダムはささやいた。「夜は暖かいのに、君は寒くて震えている。それに、君の目は複雑なメッセージをぼくに送っている。ぼくをできるだけ遠ざけたいように見える一方で、ここにいたいというようにも見える。どちらが本心なのかな？」

「あなたを遠ざけたいのよ」

「それは違う」

「いいえ、そうよ。あなたが来ると聞いた時、もう少しで来るのをやめるところだったのよ」

なぜか、その言葉がアダムをさらにかき立てた。

「ぼくは違った。ぼくは君が来ると知っていた。君にまた会いたいから、君がすてきかもしれないと思ったからだ。今日の君はとてもすてきだよ」

甘い愛撫《あいぶ》のようなその声に激しく動悸《どうき》するわが胸をキロランは呪《のろ》った。「私に会いたかったなら、いつでも電話くださればよかったのに」

「ぼくは不意打ちが好きなんだ。ぼくを見た時の君の表情が見たかった。期待どおりだったよ」

ああ、どうしよう。心の内が外に表れていたのだろうか。

アダムの視線がキロランに注がれている。欲望を隠さない略奪者の目……。アダムにはどこか、心に鎧《よろい》を着せているようなところがある。だが、今夜はその鎧がわずかにずれている。

「やめて」

「どうして?」アダムはキロランの指からグラスを取り、テーブルの自分のグラスの横に置いた。「だって、君はやめてほしくはないのだろう?」

「いいえ、違うわ」小さな声でつぶやいたが、それは嘘《うそ》だと目と唇が伝えているのをアダムは読み取ったに違いない。

「ぼくはそうは思わないな。一緒に仕事をしている時は問題だった。だが、もはや仕事は終わり、ぼくは君の会社とはなんの関係もない。だから、自由にやりたいことができる。いままでは自分たちの気持ちを抑えてきたが、もう、その必要はないんだ。君が何を望んでいるか、ぼくにはわかっている」

「やめて」再びつぶやいたが、アダムは聞いてはいない。低い笑い声をたてながらキロランの腰に腕を回し、密生した忍冬《すいかずら》の茂みの陰に引き込んで抱き締めた。

キロランは息が止まりそうだった。アダムの存在、花のくらくらするようなにおいに、感覚が麻痺《まひ》したようになっている。アダムはキロランをさらに抱き寄せ、その顔をのぞき込んだ。アダムの表情には熱い欲求がありありと表れている。それはキロランが夢見ていたものだった。だが、現実は夢をはるかに超えていた。夢は冷たく、わびしい幻想だが、現実は強烈な感覚と期待に満ちている。

欲望を抱くのはいけないことなのだろうか。欲望以上の何かがなければいけない?「やめて……」抗議の声はキスで封じられ、言葉は甘く、とろけるような触れ合いの中に溺《おぼ》れていく。そして、服従の印に彼の名を口に出していた。「アダム」

「わかっている」ため息のようなその声は震えていた。アダムは両手のひらでキロランの顔を挟んでむさぼるようなキスを浴びせ、舌の先で唇を開くよう促している。耐えられなくなったキロランはついに唇を開いた。甘い湿り気の中にようやく迎え入れられ、アダムはうめいた。

キロランは知らないうちに感覚がすべてを支配する未知の国へ迷い込んでいた。責め立てるアダムの唇、その強烈な刺激にすべての神経の先がぴんと張りつめ、全身が一気に息づき始めた。血液が熱く濃密になっている。心臓がどきどきしていまにも口から飛び出そうだ。

だが、キロランはアダムを押しのけようとはしなかった。閉じようとする目を開けている力はない。手はなぜか、アダムのたくましく広い肩に伸び、薄い絹のシャツを通してその下のたくましい筋肉をつかんでいた。

アダムの片手がキロランの顔を離れて腰に回され、さらに強く抱き寄せた。二人の体はこれ以上ないというほどぴたりと合わさっている。彼の肌に触れているキロランの肌は火がついたように熱くなっている。大胆に押しつけられた男性自身を感じ、キロランは思わず声をあげた。

果てしなく続くキス。ようやく唇を離したアダムはうろたえている緑色の瞳、やわらかく赤い唇を見つめている。

「これ以上はだめだ」乱れた息をこらえつつアダムが言った。

このままキスを続けてほしい……。キロランはとまどい、アダムを見上げた。

「ぼくの家に行こう」

その意味をキロランは一瞬、のみ込めなかった。そして、相手の言わんとするところを理解した時、衝撃を受け、熱い思いは一気に冷めてしまった。こういうことなの！　たった一度のキスですぐにベッドに誘えると思っているなんて！

キロランは乱れた髪をなでつけ、冷ややかに尋ねた。「その前に、少なくとも一回は女性にディナーをごちそうするべきではないの？」

アダムの目がきらりと光った。そして、顔には能面のような表情が戻った。「おなかがすいているのか？」

「あなたって実に厚かましい人ね！」

「これまでパーティで君にキスした男はいなかったのか？」

こんなキスはなかった。「私が言いたいのはそんなことではないわ！　大半の女性は、たった一度のキスでベッドをともにしたくないかとぞんざいに尋ねられるより、もう少し求愛してもらいたいと願うものよ！」

「キロラン、君はぼくを望んでいる。それを否定するなら、君を嘘つきと呼ばなくてはいけない」

青い空にかかり始めた月の輪郭のようにはっきりしているものを否定するほど、キロランは愚かではなかった。「私はダイヤのネックレスを望んでいるかもしれないわ。でも、だからといって外に走り出て、最初に目に入った宝石店に強盗に入るってことにはならないのよ！」

アダムは笑い出した。キロランは頬にかかる巻き毛を払うと背を向けた。アダムがわかっている以上のもの、自分でわかっている以上のものが顔に出ているかもしれない、それが怖かったからだ。たった一度のキスでこんなふうに感じてしまうなんて……。

「さようなら、アダム」

「どこへ行くの？」

「家よ。レーシーズへ戻るの」私が安全でいられる場所へ戻る。見事な肉体以外、何も差し出そうとはしない男性の影響の及ばないところへ。落ち着きを取り戻したキロランは振り向いた。「それから、お願いだから、私のあとは追ってこないで！」

それは嘘だとキロランの目は告げている。だが、アダムはそのことについては触れなかった。女性は自分の弱みを思い知らされるのを嫌がるものだ。

「あとは追わないよ、今夜はね。ぼくの経験から、君は機が熟さなければ行動しない人だとわかっているからだ。そして、いまはその時ではない。ぼくは待つのは得意だ。これまでもそうだった。君がその気になった時にぼくは行くよ」

8

アダムのからかう言葉が頭の中で響き渡っている。車を運転して家へ戻るキロランの体には熱い疼《うず》きと激しい憤りが渦巻いていた。

私がその気になった時に戻ってくるですって？　まるで私が彼に開けてもらうのを待っている包みのようじゃないの！　彼が私の人生に入り込んでくるのを両手を広げて待っているかのよう！

でも、唇にはアダムとのキスの記憶が焼けつくように残っている。たった一度のキスで彼のものだと所有印を押されたみたいだ。

屋敷に帰る間中、キロランは心の動揺を懸命に静めようとしていた。アダムに触れられると私の体は熱く息づき始める。でも、だからといって、すぐに彼とベッドに飛び込むということにはならない。実際彼が来たら——もしそうなったら、出ていくようドアを示すだろう。

でもアダムは来なかった。

そして、なぜか、アダムにかき立てられた炎は消えるどころか、彼が現れなかったことでさらに激しく燃え上がってしまった。そうすまいといくら努めても、彼のことばかり考えてしまう。

屋敷の改装が進むにつれ、キロランはますます仕事に没頭するようになった。新装されたキッチンは見違えるようになり、居間は新しくペンキを塗って明るい感じになった。

長い時間をオフィスで過ごしはしたが、キロランは受けた招待は断らずにすべて出かけることにしていた。カクテル・パーティにディナー・パーティ、舞踏会。社交の催しに出ていない時には、筋肉が痛み、疲労困憊《こんぱい》してアダムの記憶が薄れるまで馬に乗った。

六週間後のある夜、馬屋から戻ってくるとアダムが待っていた。あらゆる夢がかなったみたいに、キロランの胸は高鳴った。

屋敷の前にシルバーのスポーツカーが停《と》まっていて、黒一色に身を固めたアダムが車にもたれている。その厳しい視線と合うとキロランは喉の渇きを覚えた。砂漠で数日間、過ごした人間のように、アダムの冷ややかな顔、官能的な唇をむさぼるように見つめていた。

キロランはアダムに向かって歩いた。興奮が顔に出ているだろうか。心臓がどきどきして手のひらが汗ばんでいる。無関心さを装い——そう見えればいいのだが——アダムににっこり笑いかけた。

「アダム、びっくりしたわ」

「戻ってくると約束しただろう?」キロランをずっ

と待たせてきたが、自分自身がこれ以上、我慢できなくなったのだ。アダムの口の端に笑みが浮かんだ。キロランは乗馬服を着ている。ぴったりした乗馬ズボンにレザーブーツ、汗で胸に張りついている絹のシャツ。それらを眺めていると興奮で血がたぎってくる。「だから来たのさ」

「そう……」黒い色のジーンズでアダムの長い脚が強調され、上等のカシミアのセーターが乱れた黒い髪によく合っている。アダムは自信に満ちあふれている。その尊大さ、うぬぼれの強さに反発を覚えるキロランの内に新たな力がわいてきた。「それで?」

「君がぼくと夕食をともにしたいかもしれないと思って」

「セックスへの前奏曲としての夕食、あなたのおっしゃるのはそういうこと?」

アダムは驚いたふりをした。「キロラン、君の口からそんなことを聞くとはショックだな」

「なら、あなたにショックを与えるのは簡単ね。でも、私は事実を言ったまでよ。あなたが私と夕食をともにしたいのは、私という人間をよりよく知りたいためではないでしょう?」

「いや、ぼくは君という人を知りたいんだ。さあ、驚くのはどっちかな? どうした、キロラン? 君はぼくが下品で、君とただベッドをともにしたいだけの男だと思っているのか?」

「この前の夜、あなたはそう言ったわ」

「あの時は情熱に押し流され、いささか自制心を失っていた」

「そして、もし、私がイエスと答えていたら? 至福の一夜、ただそれだけに終わったのでは?」

「至福の一夜を期待してくれているとはうれしいね」満足そうにつぶやいたアダムだが、すぐに、じれったそうに首を振った。「だが、ぼくは一晩限りの関係になるつもりはない」

「でも、縛られるのは嫌なのでしょう？」なぜ、こんなことを言ってしまったのだろう？

「結婚式とか、それから幸せに暮らしましたということを言っているならばね」

「人の話をねじ曲げないで。私は結婚を申し込んでいるわけではないわ！」

アダムは笑った。「それを聞いてほっとしたよ」視線はキロランの顔をなぞり、唇で止まっている。もう一度この唇にキスしたい。「それで、夕食の件はどうする？」

一緒に夕食に出かけたらどうなるか、キロランは考えた。近くのパブかレストランへ行く。飲み物や料理をああだこうだと言いながら決める。ウエイトレスが二人の会話をさえぎる。彼と二人でいたいのに周囲の人の視線にさらされる。「おなかがすいていないの」それは嘘《うそ》ではない。

一瞬ためらったあと、アダムが答えた。「ぼくもすいていない」

キロランはわずかに開いた唇を舌で湿らせた。こちらを見つめているアダムの態度には欲望がありありと感じられる。「あなたって……さりげなさを競うコンテストでは決して優勝できないわね」

「優勝する気もないさ。さりげなさはぼくの流儀ではない。ぼくは率直さを好む。自分が望むものが何かを承知していて、それを得るために全力を尽くす。ぼくは君が欲しいんだ」

キロランは笑ったが、その声は震えていた。男性はこうしたことを正面切っては言わない。頭の中で考えるかもしれない。でも、口にはしないものだ。

「いつもこうなの？　あなたは女性には誰でもそういうせりふを吐くの？」

「普通はその必要はないな」大部分の女性はパーティのその夜、まっすぐベッドにやってくる。

「あなたに手間をかけないようにしてくれるのね」

「自分たちのためかも」

「なんという思い上がり！」そう非難しつつ、つい笑ってしまった。

「事実だもの」

アダムは車にもたれている。突き出した腰が誘っているようだ。キロランは彼の目をまっすぐに見た。

「私は自ら進んで身を捧《ささ》げる犠牲者の長い列に加わるつもりはありませんから」

「君はぼくが手当たりしだいに女性を誘うと思っているようだが、それは違う」

「違うの？　それなら、最後に恋人がいたのはいつ？」

アダムは眉を寄せ、記憶をたどった。以前、正直が一番と言った手前、答えないわけにはいかない。

「米国で……一年ちょっと前だ。ぼくの評判がどうであれ、出会う女性、全員を誘惑する任務に従事している男性だというのを証明する証拠とは言い難いな。これで満足かな？」

満足？　皮肉たっぷりで不適当な言葉。いまの私は満足からはほど遠い。こんなふうに、ジーンズのベルトに親指をかけ煙るような灰色の目で見つめられている時には。

「私、こういうことに慣れていないの」あまりにもすきがなく綿密に計算され、感情が欠けているような感じがする。少なくとも、アダムに関してはそうだ。でも、彼を望む心を抑えられない。傷つく危険をあえて冒してもいいのだろうか？

アダムはうなずいた。「花を贈ってもらいたい、そういうことかな？」

「必要な花は充分にあるわ」

「なら、ぼくとゲームをするつもりなのかい？　もう少しじらすのか？　しきたりどおりの求愛ゲームをしたいのかな？　それとも、ぼくのそばに来て、フラストレーションがたまるこの惨めな状況から二人を救い出してくれるのか？」

アダムはわが物顔にキロランの体に目を走らせている。キロランの胸は早鐘のように鳴り出した。彼の腕の中に飛び込みたい。だが、自己防御の本能がそれを妨げている。「あなたは私に何をくださるの？　正直におっしゃって」

「正直に？」キロランの率直さはすがすがしいとさえいえる。こんなに挑むように言われなければだが。「男女の関係かな、君が望むなら。なんの条件も要求もない。縛りもしない、うるさい質問もしない」

「私がジュリアのパーティに行かなかったら、どうなっていたかしら？　誰かほかの女性を求めた？」

その答えをキロランは心の奥底ではわかっていた。彼は女性の体だけを求めていたのではない。その気になったのなら、相手をしてくれる女性は大勢いただろう。

「いや、キロラン、ほかの誰も求めはしなかったろう。君とはジュリアの家ではなく別の機会に再会したかもしれない。だが、結局はこれと同じ会話をしていたと思うよ」

「いまここで、あなたを追い出すべきなのよね」キロランは小さくつぶやいた。

「だが、そうはしない。違うかい？」

そう、追い出すつもりはない。でも、熟れたプラムが木から落ちるように彼の腕にまっすぐ飛び込むつもりもない。「中へお入りにならない？」キロランは礼儀正しくほほえんだ。「長時間運転してらしたのだから、お茶でもいかが？」

「お茶は君の大勢の使用人の一人がいれてくれるのかな？」キロランと並んで歩きながらアダムはそっけなく尋ねた。

キロランは裏口のドアを開けた。「大勢なんかいないわ。それに、祖父がオーストラリアへ行ってからは、自分で料理しているのよ」

「君が？　それは驚いたな」

キロランは身をかがめ、乗馬ブーツの片方を脱ぎ始めた。ズボンがぴんと張り、腰の線があらわになっている。アダムは突き上げる欲望をこらえ切れず爆発しそうになっていた。永遠とも思われる時間が過ぎたあと、両方のブーツはようやく脱ぎ捨てられ、二人はキッチンへ入った。

「紅茶がいい？」キロランは湿った髪をとめていたゴムバンドを取り、頭をさっと振って髪をほどいた。「それとも中国茶にする？」

頭を振った時の胸の動きにアダムはうっとり見とれていた。お茶など飲んでいられない。キロランが振り向いた。その目には驚きととまどいの色、そして、アダムのそれと勝るとも劣らぬ熱い思いが表れている。アダムの欲望は募るばかりだ。

「君はお茶など望んでいないはずだ」アダムはハスキーな声で言い、キロランを腕に抱き寄せた。「夕食もしかりだ。君が望んでいるのはこれだろう？」

もちろん、そうだった。それでも、片隅に残っているわずかな正気がキロランを諭そうとする。離れるのよ。彼はたくましいけれど、離れようとするあなたを止めはしない。男性自身がいくら高まっていても、あなたを解放してくれる。だが、キロランは体を離そうとはせず、くぐもった声でささやいた。

「アダム」

「キロラン」からかうように答えたアダムだが、その声はかすれている。唇が重ねられた。このキスで、長い間抑えつけられ、アダムの体をさいなんできた欲望に一気に火がついた。「キロラン、もうこれ以上、我慢できない」

強く、たくましい男性の思いがけない降伏の言葉だった。小さく揺らめいていた官能の炎が大きく燃え上がり、二人の体が触れ合っているところが焼けつくように熱くなっている。キロランはアダムの肩をつかみ、黒のカシミアのセーターに指をはわせた。アダムが汗で胸にへばりついている薄い絹のブラウスのボタンを外し始めると、キロランの口から抗議と喜びの入り交じった声がもれた。

クリーム色のレースからこぼれる白い肌があらわになる。「ああ……」アダムは頭を下げ、ラズベリー色の胸の頂が突き出た部分に舌をはわせた。舌の先に薔薇《ばら》のつぼみを感じながら、アダムはキロランの小さな喜びのあえぎを聞いていた。

キロランの手がカシミアセーターの下を探り、セーターと同じ絹のようになめらかなアダムの肌の感触、たくましい筋肉を感じている。アダムの唇が胸をさまよっている。キロランの全身に熱いものが突き上げ、心臓は激しく動悸《どうき》している。「アダム……」

「ぼくたち、二人だけかな？」

それは大事な問題だった。「ええ。ほかには誰もいないわ」

アダムは顔を上げ、キロランを見つめた。冷ややかでお高くとまったキロラン・レーシーはどこにもいない。キロランの顎を指でなぞると、その体がすぐに反応して震え出すのが感じられる。いま、その気になれば、ここで彼女を自分のものにできるだろう。昔からここにあったらしい大きな樫《かし》の木のテーブルの上で。

だが、アダムは冷静になろうとしていた。女性を愛した経験がない男性のように振る舞ってはならない。

アダムはすばやく身をかがめ、キロランを抱き上げた。

「どうしたの？」

「君は馬小屋に住む女中みたいに見える。だから、ぼくもそれに見合った役を演じたらいいかもしれないと思って……君を二階へ運んでふらちな行為に及んでもいいかな？」

「ふらちな?」

「ああ、この上もなくふらちな。いいかな、キロラン?」

「あの……ええ!」アダムは主人で私は奴隷。弱い立場をこれほどうれしく感じるのは初めてだ。口の端をかすかにゆがめた、期待に満ちたアダムのほほえみには危険なにおいがする。その目の強い光は彼も自制の限界にあることを示していた。

お互いの乱れた息以外、何も聞こえない静寂の中、アダムはキロランを二階へ運んだ。アダムが支配的な役を、自分が従属的な役を演じる皮肉がキロランの頭から離れない。でも、その途方もない空想は刺激的で心をそそられる。いま、アダムは強烈な個性、性的魅力で主導権を握っている。そして、キロラン・レーシーは、男性にこんな気持ちにさせられている、そのことに喜びを覚えていた。

アダムはキロランのほてった顔、きらめく瞳を見下ろした。「どこだ?」

「あ、あそこ」キロランは震える指で西棟の二番目のドアを示した。アダムはひざでドアを押し開け、四本柱のベッドの中央にキロランを下ろした。

「ぼくの言うことをきくかい?」アダムはくぐもった声で尋ねた。

「ええ……」キロランは軽く開いた唇の間からささやいた。

「それなら、ぼくのセーターを脱がせてくれ」

甘い期待に陶然として体に力が入らないキロランは動くことができない。「できないわ」

「ぼくに反抗するつもりなのかい? 君のためにぼくから服を脱げと?」

役割は逆転した。無言でうなずいたキロランは、アダムがセーターを脱いで脇《わき》へほうり、黒いジーンズのベルトのバックルを外すのをどきどきしながら見つめていた。

靴を蹴《け》って脱ぎ、ジーンズのファスナーをゆっくり、挑発するように下ろし始めたアダムは、固い布地がごまかしようがないほど高まっている男性自身をかすめると、わずかにたじろいだ。アダムを強く欲しているにもかかわらず、キロランの頬は真っ赤になった。それを見てアダムは微笑した。

「恥ずかしい？」

「少し」

ジーンズを筋肉質の腿から下へ引き下ろし、じれったそうに脱ぎ捨てたアダムはいまや、ボクサーショーツ以外、何も身につけていない。そして、なめらかな布地が男性自身の高まりをはっきり示している。

アダムはにやりと笑うとショーツを脱ぎ捨て、キロランは思わず、息をのんだ。

自らの裸身をまったく意識せず、アダムはベッドの上、キロランのかたわらに横たわった。だが、キロランに触れようとはしない。キロランは不満そうにちょっと口をとがらせ、彼の方を向いた。「今度は君の番だ」

「でも、私はあなたに脱がせてもらいたいの」

アダムは首を振った。「この次はそうする」

「だめよ。いま、して」

アダムは上体を起こしキロランを見下ろした。この言い争い、先に折れるのはどっちだろう？　キロランの目に断固とした強い意志があるのを見て、折れるのは自分だとアダムは覚悟した。勝つのに慣れている男性にとって、それは何よりも刺激的で興奮させられた。

「君はそうしてもらいたいんだね？」

アダムはそうささやくと巧みに、そして、じれったいほどていねいにキロランの服を脱がせ始めた。肌に触れるアダムの手が焼けつくように熱く、甘く、心地よく感じられる。湿ったシャツが取り除かれた。

次にブラジャーのホックが外され、薄いレースが脇にほうり出される。両の胸を指先でゆっくりなぞるアダムはそれ以上は何もせず、キロランの抗議のため息を無視してただ、ささやき、じらしている。

乗馬ズボンが、それから、レースの小さなビキニのパンティが引き下ろされる。その時になって初めてアダムはキロランの上に体を重ねた。

「君はすべての男の夢だ」

アダムは身をかがめ、美しい胸の頂に唇を押し当てた。

熱い、痛みに似たものが体を貫く。アダムの指が体の上に魔法をかけ始めると、キロランは目を固く閉じ、のけぞらせた頭を枕《まくら》に押しつけていた。

「アダム……」

「さあ、どうしてほしいか言ってくれ」アダムは頭を上げて促した。「それとも見せてくれ」

キロランはやみくもに手を伸ばしてアダムを引き寄せ、キスを求めた。唇が重ねられる。求め、駆り立て、満足を与えるキス。でも、なぜか、もの足りず、さらに欲しくなる。

アダムの手がなめらかな腹部にすべり、さらに下へ下がって腿のつけ根、熱く湿ったキロランの中心を探り当てると、キロランの口から抑え切れないうめきがもれた。

巧みなアダムの愛撫《あいぶ》の手に、キロランはどんな形にもなる粘土のようになすがままになっていた。だが、アダムは与える一方で何も与えられていない。

手を伸ばしアダムの男性自身に触れたキロランは、反射的に返ってきた反応を楽しみつつ、手のひらを動かし始めた。

「何をするつもりだ？」アダムはあえいだ。「ぼくを殺す気か？」

オルガスムの語源がフランス語の〝小さな死〟を訳したものだとしたら、キロランはアダムにできる限り緩慢で甘美な死を与えてやりたかった。だが、アダムは張りつめた顔で首を振った。

「いまはやめてくれ」アダムはキロランと一つになりたかった。あらゆる交わりの中でももっとも根元的なもの、二つの肉体と感覚を一つにしたかった。

アダムはキロランの中に一気に入った。不意を突かれたキロランは目を大きく見開いた。とろけそうに熱いものが全身に広がっていく。

「アダム……」

「何？」アダムはそっとき返すと、キロランの目を見つめたまま、ゆっくり動き始めた。

こうした親密さをキロランは忘れていた。愛し合うのは久しぶりだった。でも、こんな高まりを覚えたのは初めてだ。以前、二つの肉体が一つになった時、〝愛しているわ〟と叫んだ。でも、それは習慣的に口から出たにすぎなかったのだと、いま悟った。言わなければ死んでしまうと感じたからではない。

キロランはいま、その言葉をアダムに言いたかった。だが、出かかった言葉をかみ殺した。そして、アダムを愛しているはずがないと自分に言い聞かせた。愛していると言えるほど彼のことを知っているわけではない。これはただのすばらしいセックス。ただ、それだけ。

「アダム！」

「ん？」

キロランがすでに喜びの頂点に達しつつあるのをアダムは察しているのだろうか？　肉体が彼にそれを伝えたのだろうか？　だから、キロランの胸を突きさすかのように、深く、強く押したのだろうか？

「アダム、それは――」

キロランも、アダムも、もうこれ以上こらえ切れなかった。アダムは押し寄せる快感の波にのみ込まれ、甘く脈打つキロランの肉体の中に自らを解き放った。キロランは押し殺した小さな叫び声をあげ、アダムはキロランの名を何度も何度も呼んでいた。

キロランはかたわらに横たわる男性を眺めていた。しわくちゃの羽毛キルトがすらりとした腰をかろうじて覆い、むき出しになっている上半身の胸が規則正しい寝息で上下している。

キロランはアダムの顔を見つめた。彫りの深い顔に、黒い眉が完璧《かんぺき》な弧を描いて羽根のように止まり、唇はキスをせがむようにかすかに開いている。

だが、キロランはキスをしなかった。あまりにもなれなれしすぎるように思えたからだ。額にかかる黒い髪を指にからめてみたかった。でも、それもしなかった。

アダムについてキロランは大まかな部分は知っている。頭脳明晰《めいせき》で、活力にあふれているということ、彼が勝利者だということ。それから、すてきなシルバーの車に乗り、ロンドンで暮らし、若いころに悲しみと裏切りを経験していること。それが彼が結婚しない原因だということも。

そう、大きな部分は知っている。でも、細かい部分は別だ。たとえば、眠っている最中に起こされるのを嫌うかどうかとか、朝、ベッドの中でお茶を飲むかどうか、それから……。

灰色の目がけだるげに開いた。アダムはゆったりほほえみ、反射的に指をキロランの裸身にはわせた。そして、しばらくしてから口を開いた。「とてもすばらしかったよ、キロラン」

突然、キロランは恥ずかしくなった。まるで、いまの行為に点数をつけられているみたいだ。

アダムは指をキロランの顎にかけて顔を上に向かせた。「そうだったろう?」

「わかっているくせに」

「でも、君は後悔している?」

キロランは自分の体が強《こわ》ばるのを感じていた。

「後悔などしていないわ。なぜ、そう思うの？」

「君がちょっと……警戒しているように見えるから」

事実、警戒しているからそう見えたのだ。単なる愛人としてしか見られない男性を受け入れてしまった。すべてを約束していて、それでいて、何も約束していない、冷ややかな値踏みするような目をした情熱的な男性。悲しみを味わうのは必定な道へ自ら踏み出してしまったのだろうか。彼のキスで迷う心に目をつぶらず、もっと考えるべきではなかったのか？　でも、情熱というのは奇妙でとらえ難いもの。普通の規則は適用できない。それに、いまさら後悔しても遅すぎる。

「そんなふうに見えるかしら？」キロランは軽い口調で尋ねた。

「自分でも承知しているんだろう？　さあ、しかめっ面はやめてこっちへおいで」

アダムはキロランを抱き、その顔を引き寄せてキスした。キロランの髪がアダムの胸に触れている。その時、キロランは馬屋から帰ってきたばかりだったのを思い出した。「私、ひどい格好に違いないわ」

キロランは頭を後ろに引いた。

「君はすてきだよ」

「嘘ばっかり！」

「ぼくは嘘はつかないよ」

「私、馬のにおいがしない？」

アダムは鼻をキロランの首に押し当て、息を吸い込んだ。「うん、少しね」

「なぜ、教えてくれなかったの？」

「かえって興奮させられたから」

「お風呂に入ればよかったわ」

「そんな時間はなかったよ」煙る灰色の目がキロランの目を捕らえた。「そうしたいなら、いま、一緒に入ればいい」

アダムの高まりを感じたキロランはその腰に腕を回した。「いいわよ」そう答えた声はかすれていた。

キロランの胸の頂をなぞり始めたアダムは、薔薇のつぼみがすぐさま硬くなるのを感じた。「それから、二人の日程を調整しよう」

アダムの背のなめらかな肌に触れていたキロランの手が止まった。「日程？」

「君に今度はいつ会えるかを知っておきたいんだ」

9

日程を調整する。

男女の関係を始めるのにロマンチックな方法ではない。でも、実際的なやり方だとキロランは思った。とくに、アダムが最近、新しい仕事を始めたことを考えれば無理もない。彼はいま、レーシーズでやった仕事をもっと大きな規模でやっている。

「来週は忙しいんだ」キロランにさよならのキスをしながらアダムは言った。「でも、電話するよ」

そして、キロランは電話が鳴るのを待つというあのうれしくない状態に置かれてしまった。

電話は水曜日までかかってこなかった。二人の関係、それにアダムという人物を考えると、水曜くらいにかかってくるのが妥当なところだとキロランは予想していた。月曜日にかけてきたなら、恋する男性の態度のように思えたろう――でも、彼はそうではない。火曜日も同じ。木曜日なら、考え直してかけてきた、金曜日なら侮辱と受け取ったろう。

そして、電話は水曜日にかかってきた。

「キロラン？」

「アダム！」

「元気かい？」

真実を告げたらどうだろう？　この三日間、電話がかかってこなかったらと不安でたまらなかったと。

「元気よ」キロランは明るく答えた。「新しいお仕事はどう？」

「忙しい」

「そう」キロランは相手の言葉を待った。

「今週末、ロンドンへ出てこない？」

「あなたはこちらに来たくないの？」

「行かれないんだ。土曜日の夜、大きなパーティがあって出席しなくてはいけない。仕事に関係しているんだ。ぼくのゲストとして一緒に行かないか？」

キロランはちょっと考える時間を置いた。「ええ、喜んで」

しばし間があった。「泊まっていける？」

「あなたがお望みなら」

「ぜひそうしてもらいたい。ぼくの住所を教えるから」

土曜日の夜、車を運転してロンドンへ向かうキロランは緊張していた。出かける前に七回も着替えをしたあげく、最初に試したこのドレスを着ていくことにした。

アダムのフラットはケンジントンにあった。ロンドンでも指折りのおしゃれな通りにある古風なタウンハウスの一階と二階のフロアを占めている。

玄関のドアをノックするとアダムが現れた。シャワーを浴びた直後らしく、黒い髪はまだ湿っていて、シャツのボタンはとめられていないが、この上なく魅力的であるのに変わりはない。

目を細めたアダムにキロランの緊張はさらに高まった。ほかの女性は全員、ロングドレスを着ていて、ひざ丈のドレスは私だけなのかもしれない。最初に彼に確かめなかったのはまずかったろうか？

キロランは銀色の絹に包まれた腰のあたりを手でなで下ろした。「これでいいかしら？」

「いいなんてものじゃない」アダムはキロランを腕に抱き寄せた。だが、腰に手を回したい衝動はどうにかこらえた。もし、そうしたら、外へは出かけられなくなってしまう。

ブロンドの髪を一筋の乱れもなく整えたキロランは冷たく光るムーンストーンのような美しさをたたえている。その近寄り難い雰囲気がアダムは好きだった。いまは氷の女王だが、それがあとで爆竹のように熱くはじける、その対比がなんとも楽しい。

「ああ、それでいいとも。とても魅力的だから、一晩中、ぼくの横に鎖でつないでおかないといけないだろうな」アダムはほほえみ、キロランの唇に軽くキスした。「口紅を台無しにしちゃいけないな。さあ、ぼくが身支度を終える間、こっちに来ておしゃべりしてくれ。それから、何か飲もう」

上品で洗練された言葉だが、それはキロランが聞きたいものではなかった。強引に寝室へ連れていかれ、ぼうっとするくらい激しく愛されたい。でも、この不安な気持ちを静めるのにセックスに頼るべきではない。そうでしょう？　私は都会的で洗練された男性が好きだった。だから、アダムが原始人のように振る舞わないからと不平をもらすことはない。

「いいわよ」キロランはおだやかに言うと、アダムのあとについて広々とした優雅な居間へ入った。座り心地がよさそうなソファが置かれ、壁には落ち着いた感じの水彩画が飾られている。アイスバケットにはピンク色のシャンパンが冷やされていた。

「ネクタイを取ってくる」

キロランは寝室へ入っていくアダムを見送った。寝室へ入ったアダムはボウタイを取り上げ、慣れた手つきで結び始めた。

居間を見回すキロランの姿が鏡に映り、アダムは声をかけた。「気に入った？」

アダムの声に振り向いたキロランの目に心がそそられると同時におじけづくような大きなベッド、その横に生けられた生花が飛び込んできた。だが、アダムは寝室について尋ねているのではない。それで、居間から見下ろせる広場の光景に注意を向けた。

「すばらしいわ。静かで、とてもすてき」

「そう？　買う家が決まるまで借りているだけなんだ。ここも売りに出ているけれど、この広さで充分なのか見当がつかなくて」

充分ってなんのために？　時々、ガールフレンドがやってくる独身男性にとって？　余計なことを考えまいと、キロランは広場の木に神経を集中させようとした。

タイを結び終えたアダムが居間へ入ってくると、キロランの胃の底がざわついた。さっき、彼は私を鎖でつないでおかなければと言ったけれど、それは私も同じ。こんなすてきな男性なら鎖でつないでおかないと……。

「シャンパンを一杯、どう？　迎えの車は七時に来るから」

「ええ、いただくわ」二人はいま出会ったばかりのように振る舞っている。キロランは不満だった。なぜ、アダムはちゃんとキスしてくれなかったのだろう？　口紅のせい？　それとも別に理由が？

アダムはシャンペンの栓を抜くと二つのグラスに注《つ》ぎ、一つをキロランに渡した。「何に乾杯しよう？」

「成功に？」

「いや、美しさにだ」アダムの目がきらりと光り、無言の約束を語っている。「君に乾杯だ、キロラン」アダムはそっと言い、グラスを合わせた。

その賛辞にキロランの頭はくらくらした。そして、すきっ腹に飲んだシャンパンでさらにぼうっとなってきた。だが、少なくとも、胃の底の締めつけられるような緊張は和らいでいた。「うれしいわ、どうもありがとう」キロランは小声で答えた。

パーティは予想どおり豪華なもので、鷲《わし》をかたどった氷の彫刻が最高級のしろちょうざめのキャビアを適温に保っている。

「ちょっと大げさだな」キロランの腕を取り、自分たちのテーブルへ向かいながらアダムがささやいた。

女性客の大半もそうだった。皆、きらびやかな服装で、キロランは自分のドレスが明らかに地味すぎると感じていた。女性の中にはあからさまにキロランを羨望《せんぼう》の目で見つめる人もいた。キロランにとってアダムが米国から戻ったばかりなのは幸いだった。彼の二十二番目のガールフレンド、などと見なされるのは耐えられなかったろう。

アダムの洗練されたパートナーの役をキロランは完璧《かんぺき》にこなしていた。快活にしゃべり、ジョークに——おもしろいのもあれば、そうでないのもあったが——笑い声をあげ、その夜、ずっと酔っぱらっていた銀行の役員の口説きを巧みに、品よくかわした。

キロランを眺めるアダムのこめかみは絶え間なく脈打っていた。キロランはアダムの方をほとんど見ない。いつもとは違うその態度がアダムを駆り立てた。それでなくても、充分、高まっているのだ。アダムはこっそり腕時計を見た。

「キロラン？」

顔を上げたキロランを灰色の目がじっと見つめて

いる。「何？」

「そろそろ、帰らないか？」

「ええ」

人目がない暗い車の中で、アダムはパーティの間、ずっとしたかったこと、キロランを腕に抱き、その香水をかぎ、やわらかな肌を楽しんだ。「ああ、長い夜だったね？」

首筋に押しつけられたアダムの唇にキロランは頭がちゃんと働かない。だが、仕事のパートナーとしての慎み深い態度は保っていた。「私は楽しかったわ」

「そうかい？」アダムは手をキロランのコートの下にすべり込ませて銀色のサテンの上から胸に触れ、唇を髪に押し当ててささやいた。「ほかにどんなことが楽しいのか、教えてくれ」

今夜、初めは、おしゃべりなどせずにキスしてほしいと願い、いまは、キスはせずおしゃべりしてほしいと願う、これはいったいどうしたわけだろう！

私はこの男性に何を望んでいるの？

キロランは考えるのをあきらめた。彼のキスの魔法に屈し、望むものすべてではないにしても、何かしらのものを与えられる関係になるほうがはるかにたやすい。

平日、二人は別れて過ごす。そして、金曜日に会い、日曜日に別れる。アダムがレーシー家にやってくることもあったが、キロランがロンドンに出向くほうが多かった。アダムが八年ぶりのロンドンを再発見したがったからだ。そして、キロラン自身、慣れ親しんだ町を別の目で眺めるようになっていた。自分自身だけでなくアダムの目を通して見るようになった。そして、キロランの目はしだいに恋に落ちた女の目になっていった。

最初、キロランはそれを否定しようとした。片思いになるのは必定だとしたら、一方通行の思いなのが明らかだとしたら、恋に落ちるなどあり得ないではないか？　でも、実際にはあり得る。望まれぬ愛、もっとも悲しい恋……。

ある日曜の夜、アダムのフラットで満ち足りていながら、それでいて、結局は不満が残る週末を過ごしたあと、車を運転して自宅に戻るキロランは頭痛に襲われていた。土曜日にアダムと夕食に出かけ、日曜日の朝はのんびりベッドで過ごし、新聞を読み、ブランチを食べて公園を散歩した。それから、ベッドに戻った。しばらくすると電話が鳴り、アダムはアメリカの誰かと話を始めた。キロランはベッドから抜け出し、シャワーを浴びた。キロランがベッドから出たのさえアダムは気づかなかったのではないだろうか？

アダムの女性関係はいつもはどれくらい続くのだろう？　キロランは車を運転しながら考えた。もし、私がこの関係を終わらせたら、アダムは代わりの魅力的な女性をすぐに見つけるのだろうか？　それにしても、二人の関係がどこから見ても完璧な時に、それを終わらせることをなぜ考えてしまうのか？

ダイヤモンドのように完璧——きらきら光っているけれど冷たい。

そう、それがアダムだ。どんなに魅力があっても、いかなる束縛も忌み嫌う男性だという事実は隠せない。

ある日曜日、キロランはアダムのフラットで新聞の日曜版に掲載されたカリブ海についての見開きの広告を見ていた。

「すてきじゃない？」キロランは白い砂浜や透明なブルーの海を指さした。

新聞の金融欄から目を上げたアダムは砂浜より緑色の瞳に魅せられていた。「ん？」

「これよ。ほら、見て」

アダムはちらりと目をやった。「すてきだね」

「カリブ海に行ったことは?」

「一度だけ。昔の話だ」

アダムの過去についての情報を得るのは無理なこと。だが、キロランは初めて、アダムの話したくなさそうな態度を無視して食い下がった。

「いつ?」

アダムは新聞を置いた。「五年ほど前だ」

「誰と行ったの?」

アダムの顔にすっと幕が下りた。「なんだって?」

アダムの胸の奥の秘密をすべて知りたいと求めているわけではない!「誰と一緒だったときいただけよ」それから、つい不用意に続けてしまった。

「女性と一緒だったの?」

アダムはいらだち始めた。「なぜそんなことを?」

「別に理由はないわ。ただ……」

「ただ、なんだ?」

「あなたがつき合っていた相手のことを知るのは興味深いもの。そうは思わない?」

「いや、思わないね。ぼくは君がいつジョニーとかディッキーとか、ハリーと出かけたか、あるいは君の思い出のロマンチックなファイルに、ほかに誰が収まっているかなどということを知りたい気持ちはさらさらない。なぜ、知る必要があるんだ?」

なぜ? 彼の声は冷ややかでそっけない。いままでに聞いたことがない声だった。

だが、キロランはめげなかった。

「誰かをもっと知りたいと思うのは、自然な欲求だわ」

アダムの目が強い光を帯び、無言の警告を発している。「余計なおせっかいというほうがいいんじゃないかな?」アダムは椅子から立ち上がってキロランの背後に立ち、指でリズミカルに肩をもみ出した。

「ぼくは君について知りたいことはすべて知っているよ、ミス・レーシー」

アダムに触れられて体が反応していくのを感じ、キロランは目を閉じた。すぐにうっとりしてしまう自分が腹立たしい。後ろへ頭をのけぞらせると、彼の顔が逆さまに見えた。この角度からだと顔つきがゆがんでいる。

「何も知らない状態でこわごわと関係を続けていくなんて、できないわ」

アダムはため息をつき、手を止めた。「この関係がどんなものになるか、最初からはっきり言ったはずだ。君もそれに同意しただろう?」

キロランはうなずいた。彼はまるで企業合併の話をしているみたいだ。

アダムは口調を和らげ、続けた。「君はぼくと一緒にいるのが楽しいかい?」

それはわかり切ったこと。キロランは再びうなずいた。

「なら、二人の時間を台無しにするのはやめよう」

キロランは黙っていた。

その強《こわ》ばった肩をアダムは見つめた。女性はなぜ、現状に満足しないのだろう? 波一つないおだやかな水面にボートが浮かんでいるとしたら、なぜ女性たちはいつもそれを揺らそうとするのか? 彼女がそうしたいというなら、勝手にすねていればいいさ! 「ぼくはシャワーを浴びてくる」アダムはぶっきらぼうに告げた。

話はそれで終わりだった。キロランは自分の愚かさを呪《のろ》い、いらだち、言わなければよかったと後悔していた。だが帰り道、車を運転しながら考えた。アダムとの関係はこのまま続くのだろうか? 関係は成長し、発展していかなければならない。さもなければ、しおれて消滅してしまう。

もしかしたら、アダムはそれを望んでいるのかもしれない。自然消滅を。

木曜日に電話をかけてきたアダムは、ローマに行かなければいけないのだと告げた。「帰りは土曜日の午後遅くになる」

「でも、私に会いに来るはずではなかったの？」

「そのつもりだった。だが、時間が取れないんだ。今回はあきらめてくれ。いいね？」

この問題についてキロランに発言の権利はないようだ。「いいわよ」おとなしく同意したキロランだが、なぜか自己嫌悪に陥っていた。

「来週末はそっちに行って埋め合わせをするよ。それでどう？」

キロランはクリスマスに安物のおもちゃでごまかされたような感じを味わっていた。

最初は、アダムとただ一緒にいたい気持ちが強く、彼が示した大人の関係を受け入れるつもりだった。

だが、それでは充分でないと思い始めている。それに、いま、物足りなさを感じているとしたら、これから先はどうなるだろう？

アダムはオフィスで、新しく獲得した契約のお祝いをしていた。感情が乱れた時いつもそうするように、仕事にのめり込んだ結果だ。

すると、取り引き相手の年上の美しい女性が、終わったら飲みに行かないかと誘ってきた。

その誘惑にアダムは何も感じなかった。疲れ切っていた。脳裏に浮かんだのはキロランの姿だった。

「申し訳ありませんが、このあと予定がつまっているので」アダムは女性に告げた。

「わかったわ。じゃあ、時間ができたら声をかけてちょうだい」そう言うと女性は、アダムのスーツの胸ポケットに名刺を差し込んだ。

ローマは人や車がひしめき合っていた。そして、アダムの仕事相手の男性はまったく無能だった。土曜日の夕方、イギリスに戻ったころには、アダムは激しい頭痛に襲われていた。おまけに、飛行機会社のミスで、預けたかばんが行方不明になってしまった。

容姿端麗な地上係員がアダムに申し訳なさそうに謝った。「もし、お待ちになるなら――」

「もう二時間も待っているんだ」声を荒らげないよう努めた。これは彼女の責任ではないのだ。「見つけたら、ぼくのところに送ってくれないか?」

「かしこまりました」

あげくの果て、雨が降っていた。車の運転、容赦なく降る雨……。言いようのないいらだちが体の中でとぐろを巻いているのをアダムは感じていた。

エンジンがかからないかもしれないと半ば恐れつつ車に乗り込んだ。だが、強力なエンジンはたちどころに働き始めた。雨の中、ロンドンへ帰るのか……。アダムは誰もいないフラット、誰もいないベッドを思い浮かべた。

そして、キロランのことを思った。すると、車のエンジン同様、たちどころに体が反応した。

ぼくは、彼女に少し厳しすぎたのではないだろうか?

このまま車を運転して彼女に会いに行ったらどうだろう。突然行って驚かせ、ローマで買った香水をあげたら? 週末の残りを彼女の腕の中で過ごすのも悪くない。

熱い期待にアダムの顔は張りつめた。飛行場を出たアダムはロンドンへ向かう右ではなく左に方向指示機を出した。

激しい雨の中のドライブは最悪だった。狭い道路には泥が流れ出し、生け垣が迫ってくるような気がする。ラジオからは大きな音で聖歌が流れてくる。気分がますます暗くなるようで、アダムは反射的にスイッチを切った。車内はしばし静かになった。

だが、それもほんのわずかの間だった。

突然、反対方向から車が現れた。それまで、急カーブで見えなかったのだ。アダムの車の強力なヘッドライトが対向車を照らし出した。瞬間、片手でハンドルを握り、もう片方の手に携帯電話を持って話している男の姿が浮かび上がった。

車はこっちに向かってくる。アダムは思い切りブレーキを踏み、クラクションを鳴らした。アダムの車は速度を落とし右にかわそうとした。だが、遅かった。相手の車はまっすぐ向かってくる。

向かってくる車のフロントガラス越しに驚愕《きょうがく》した男の顔がスローモション映画のように見えた。それから大きな衝撃音と激痛。

そして、ありがたいことに、すべての感覚がとぎれた。

10

真夜中に電話が鳴った。飛び起きたキロランはベッド脇《わき》の目覚まし時計を見た。こんな時刻に誰だろう？ いったいなんの用事？

もしかしてお祖父《じい》様？

キロランは急いで受話器を取り上げた。「もしもし？」

男性の声が聞こえた。低くしゃがれた、聞き覚えのない声だ。「キロラン・レーシー？」

「ええ、そうです。どちら様ですか？」

「こちらは警察です」

警察？ キロランは震え出した。

「アダム・ブラックはあなたのお友達ですか？」

その質問のしかたに何か不吉なものを感じ、キロランの背に冷たいものが走った。誰かに冷たい金属の輪で喉を締めつけられたような恐怖を覚える。

「私は……ええ、そうです」どうにか声が出た。

「アダム・ブラックは友人です。彼に何かあったんですか？」

「実は、車の事故に遭われまして。ひどいけがをなさいました」

小さなうめき声をあげたキロランは、命綱のように受話器を握り締めた。

「携帯電話で最後にかけたのがあなたのところだったものですから、こうしてご連絡しているしだいです」

「アダム！」その声は傷を負った動物の悲痛な鳴き声に似ていた。キロランの手はぶるぶる震えていた。

「彼はいまどこに？」

「病院です。トレマイン病院です。あなたのお住まいの近くの――場所はおわかりですか？」

「ええ」

「運転できますか？　誰かを迎えに行かせましょうか？」

「いいえ……大丈夫ですから、どうぞご心配なく」

電話を切ったキロランはベッドから飛び起き、古いジーンズと一番温かいセーターをつかんだ。手が震えてブラジャーのホックがなかなかとめられない。

冷静に、とキロランは自分に言い聞かせた。さあ、しっかりして。さもないと、私が交通事故を起こしてしまう。

トレマイン病院までは大げさなほどゆっくり車を走らせた。だが、病院へたどり着くと、正面玄関の前に車を斜めに停《と》めたまま、受付に駆け込んだ。

「アダム・ブラックはどこか教えてください！」

「入院されたのはいつです？」

「わからないわ！」

「少々、お待ちください」受付の女性はリストに目を走らせた。「集中治療室においでです。この方は――」

受付の女性の言葉が終わらないうちにキロランは走り出していた。エレベーターを使わず、隔離された無菌状態の病室がある最上階まで階段を駆け上がった。

デスクの向こうに座る白い制服姿の看護師が声をかけた。「何か？」

何かなどというものではない。キロランは泣き叫びたい気持ちだった。だが、ここでヒステリーを起こしてもなんにもならない。キロランは深く息を吸った。「アダム・ブラックに面会したいんです」

「ご親戚《しんせき》ですか？」

「いいえ、友人です。彼には身内はいません」

「そうですか」看護師は立ち上がった。「ちょっとここでお待ちいただけますか？」

ちょっとの間が永遠のように思えた。やがて、看護師が同僚を伴って戻ってきた。

「サンディと申します」その看護師は名乗った。「私がアダムを担当しています。ちょっとお座りになりませんか？　容態をご説明しますので」

またもや、ちょっとの間が果てしなく続くように感じられた。キロランは相手の話に集中しようと懸命に努めた。

「アダムは脳しんとうを起こしていて、いま昏睡《こんすい》状態にあります。内臓に大きな損傷はありません。脳の断層写真を撮りました。幸い、手足に骨折はありません」

それが幸い？

キロランはぎこちなくほほえんだ。「彼に会えますか？」

「これからお連れします」

異次元の悪夢をさまよっているような感じだった。

キロランは看護師のあとに従ってしんと静まり返った、汚れ一つない廊下を進んだ。看護師はようやくある病室の前で立ち止まった。

ガラス越しに、死んだようにベッドに横たわっているアダムの姿が見えた。キロランはこぶしを口に当て、声を押し殺して小さな悲鳴をあげた。私のアダム、たくましく力強いアダム。それがいま、生気のかけらもないなんて……。

「私、どうしたらいいのでしょう？　彼の役に立ちたいんです」

「話しかけてあげてください。手をさすってあげて。一緒にしたことを思い出させてあげて。意識を取り戻す手伝いをしてあげてください」

〝一緒にしたことを思い出させる〟ベッドに、じっと横たわる姿におそるおそる近づくキロランの頭の中でその言葉が鳴っていた。

二人で分かち合った思い出のどれが彼の意識を取り戻すのに役に立つのだろう？　思いつくのはただ一つ。でも、それは一人の人間を昏睡状態から呼び覚ますような深い意味がある思い出ではない。すばらしいセックスや華やかなレストランは眠っている心を揺り動かす、意義深い、あるいは大事な思い出ではない。そうでしょう？

キスしようとする時、アダムの口元が和らぐことがある、その感じが好きだと語りかけてもいい。あるいは、彼を笑わせられた時、賞品をもらったようにうれしく感じることを。眠っている時のアダムの顔は少年のようで、とても傷つきやすく見えるとも。

でも、いま、それは言えない。擦り傷やあざのあるアダムの顔を見てキロランは身をすくませた。今日のアダムの顔には傷つきやすい繊細さはない。一人の男性、あるいは少年の顔とは言い難い。傷でゆがみ、血の気がない。それに、傷つきやすい少年みたいだなどと彼は言われたくないはずだ。私からも、ほかのどの女性からも。

いったい、何を話せばいいのだろう？

キロランはベッドの脇に座り、アダムの手をさすり始めた。彼は私のどこが一番、好きなのだろう？強く、冷静な私が好きなのだ。そして、私はそうあるべきなのだ。

キロランは深呼吸し看護師にほほえむと、静かに語りかけた。「アダム・ブラック、あなたって昔から人騒がせな人ね。私はぐっすり眠っているところを起こされてあなたに会いに来ているというのに、あなたときたら、目を開けてあいさつする礼儀もわきまえていない」そこで少し涙声になってしまった。しっかりしなくては。「さあ、起きて。目を覚ましてちょうだい、ダーリン」

それからほぼ二日間、アダムの意識は戻らず、その間、看護師がアダムの体位を変え、体をふき、様子を見守った。

その二日の間、キロランは、親戚の人のために設けられた小部屋で休むように促された時以外、ほとんどアダムのそばにつき添っていた。

アダムの体がかすかに動いたのは、二日目、太陽が沈みかけたころだった。

それまでキロランは、この胸が張り裂けそうな一方通行の会話のためにとくに会得したような、いつもとは違うソフトな声でずっとアダムに話しかけていた。

「会議室は向こう六カ月間、予約でいっぱいなのよ。それから、何よりも驚いたのは、誰かが庭の写真に目をとめ、それを専門家に見せたらしいの。それで、その専門家の人はこんなに珍しい低木や木のコレクションは見たことがないって話していたわ。それから——」

アダムがレーシーズに来た最初の日、二人で庭に立った光景を思い出し、キロランはそっとアダムの手の甲をなでた。二人は太陽の光の中に立っていた。アダムはとてもたくましく見えた。この地球上で一番、生気にあふれた人のようだった。それから、アダムは母親について、そして、祖父から仕事を依頼されたいきさつを話してくれた。いま思うと、あんなに親しく話してくれたのはアダムにしては珍しい出来事だったのだ。アダムが自分について語ったのはあれが最初で最後だった。

「それから、高所得者向けの雑誌が特集を組みたいんですって。すごいでしょ？　とりわけ、ゆりのコレクションが気に入ったみたい。あなたの好きなのはピンクと白だったわね？　それを表紙に載せるんですって！」

荒れ地の灰色の重苦しいもやを通り抜けると、ゆりについて語る、甘くやさしい声がアダムの耳に届いた。自分は死んで天国に来たのだとアダムは思った。

アダムは口を開こうとした。

「看護師さん！」キロランはあわてて立ち上がり、椅子を倒してしまった。「看護師さん！」キロランはアダムの上にかがみこんだ。「アダム……ああ、ダーリン！　私の声が聞こえる？」

何かのせいで、誰かのせいでまぶたを固く糊《のり》づけされている。だが、アダムは思い切り力を込めて目を開けようとした。まぶたはかすかに開いたが、差し込む鋭い光に再び閉じてしまった。

「看護師さん、彼が目を開こうとしたわ――ええ、確かよ！」

看護師？　看護師だって？

「キロラン、ちょっと脇へどいてくれます？」

キロラン？　それは人の名前なのか？　それとも、山の種類？

「さあ、ミスター・ブラック……私のために目を開いてくださいな！」やさしくもなく、甘くもない声がまたも話しかけてくる。いばった声だ。「さあ、ミスター・ブラック、目を開けて」

アダムはどうにか命令に従おうとしたが、威丈高な声では少ししか開かない。うめくことができたらうめいていたろう。だが、声帯が働かない。

「ええ、確かに意識が戻っているわ」

「ああ、神様！　感謝します！　ありがとうございます！」

甘い声はいまにも泣き出しそうだ。その感極まった声に、アダムは上下のまぶたをもぎ離すようにして開いた。美しい顔がこちらを見つめている。太陽の光のようなつややかな髪、潤んだ緑色の瞳。何がなんだかわけがわからず混乱したアダムは、再び安全な灰色の荒れ地の中へすべり落ちていった。

11

「アダム、今朝の調子はいかがですか？」

アダムは目を開いた。「キロランはどこ？」

看護師は笑った。男性はちょっと動物みたいなところがある。生まれたばかりのあひるが最初に目にしたのが虎《とら》だったら、虎を母親と信じてしまう。そして、この場合はキロランが虎！

「キロランはいま、車を正面玄関に回しているところですよ。ですから、私が服を着るお手伝いに来たんです」

「服なら自分で着られる」

「いいえ、まだご無理ですよ。いまのあなたは子猫みたいに弱っているのですからね。もっとも、見た目はそんなふうには見えませんけれど」

「どうして、キロランが来てくれない？」袖《そで》をまくり、頑丈そうな腕をむき出しにしている看護師を見てアダムは落胆していた。あの金髪の天使にそばにいてもらいたいのに。

看護師は咳払《せきばら》いした。「あなたがキロランのことをわからなかった時、彼女は驚かれたようですわ。でも、こうした状況ではよくあるケースだと申し上げてありますから」

「ぼくは彼女を知っているの？」

アダムにジーンズをはかせた看護師の首がかすかに赤くなっている。

「そうよ、アダム」病室に入ってきたキロランはどこか緊張した声で話しかけた。「あなたは私を知っているの。ただ、思い出せないだけ」

アダムはまだふらふらしていたが、それでも、自分は彼女をどれくらい知っているのだろうかと考えられるくらいには回復していた。

「さあ」セーターをアダムの頭から着せようとしたキロランの指がアダムのなめらかな肌に触れた。アダムはじっと動かない。二人の目と目が合った。彼の目にはとまどい、それに、瞬間ではあったが、性的に何かを感じた様子がうかがえた。

意識を失っている状態にある時ですらアダムの肉体が自然に反応するのを見ていなかったら、キロランはショックを受けていただろう。

それは看護師を手伝ってアダムの体を洗っている時に起きた。キロランにとってはいささか恥ずかしい出来事だった。

だが、看護師はうろたえず、落ち着き払って説明した。「気になさることはありませんわ。男性というのは原始的な生き物なんです。死ぬまで体は性的な反応を示すものなんですよ」看護師はアダムの胸からすぐにスポンジを離し、つけ加えた。「無意識の反応だから、私だけでなく、誰にでも反応するんです」

でも、いまアダムの目に浮かんだのは若い女性に触れられて本能的に反応しただけのものとは思えない。そこにはかすかな記憶の揺らめきがあった、とキロランは確信していた。絶対に間違いない。

記憶が戻り始めたのだろうか？

これまで、アダムの頭の中はまったくの空白状態だった。自分の名前は覚えているらしかったが、それ以外は全然、思い出せない。アパートにまっすぐ帰るはずだった夜、なぜキロランの家の近くを車で走っていたのか、その理由を思い出せない。二人の間の関係もしかりだ。

でも、それが二人の関係を象徴的に示しているのかもしれないとキロランはほろ苦い思いをかみ締めていた。

キロランがアダムをレーシー家の屋敷へ連れて帰るのは、アダムに必要なのは休養して体力を取り戻すことで、専門的な介護は必要ないと医者が請け合ってくれたからだ。そうした世話なら自分でもやれる。

アダムの看護がしたい。彼を愛しているのだもの。でも、たとえ愛していなくても、看護はしただろう。だって、彼にはほかにそうしてくれる人は誰もいないのだから。

アダムには誰もいない、そのことが何よりもキロランの心に重く響いた。こんなに強くたくましい男性が、結局のところ、皆と同じように傷つきやすい存在だったとは……。

「手伝ってあげるわ」キロランはアダムの腕をセーターの袖に通すのに手を貸そうとしたが、アダムはそれを払いのけた。

「自分でできる」

「いいえ、できないわよ！　あなたっていつもこんなに頑固なの？」

「いや、ハニー、頑固なのは君のほう――」

二人は長い間、見つめ合った。アダムはキロランを〝ハニー〟と呼んだ。そして、頑固だと……。

「ええ、そのとおりよ」キロランはゆっくり答えた。

「私は頑固なの」

「記憶が働いたのかな？」宇宙の神秘を発見したかのようにアダムは勢い込んで尋ねた。「推測ではなく？」

「そうみたいね。さあ、もうそのことを考えるのはやめましょう。私と一緒に家に帰るのよ」

「看護師よりいばっているな」文句をつけながらアダムは思った。家っていったい、どこにあるのだろう？

その家は広大な敷地に建つ美しい邸宅で、アダムの想像とは全然違っていた。

「ここがぼくの住んでいる場所かい？」アダムは尋ねた。車は砂利を敷きつめたドライブウェイを進んでいく。

「時々はね」キロランは淡々と答えた。複雑なことは避けるようにと医者から注意されている。彼は週末、時々ここで過ごした、その事実だけを伝えればいい。

「君と？」

「ええ、私と。でも、私と一緒に住んでいるわけではないのよ。あなたはロンドンにフラットを持っているの」記憶の断片でも揺さぶれないかとアダムの顔を見つめながら続けた。「ケンジントンよ」

だが、彼は無表情な顔で聞いているだけだ。

「さあ、家の中へ入りましょう」

〝ダーリン〟とか〝スウィートハート〟とか、愛情を込めた呼びかけをしたい。でも、それはアダムが昏睡《こんすい》状態にある時だけ使えるもの。あの時はそう呼びかけずにはいられなかった。でも、いまはそれを続けてはいけない。すべてを事故の前のとおりに保ち、彼の記憶が戻るのを助けなければ……。それに、医者の話によると、記憶喪失は一時的なものだという。記憶が突然よみがえった時、私が熱い思いを寄せていると知れば、アダムは激しい不快感を示すだろう。

「さぞ疲れたでしょう」アダムの目の下の隈《くま》や顔に現れている緊張のしわを見て取ったキロランは腕を彼の腰に回した。

反射的にアダムはその手を払いのけようとした。

「ぼくは大丈夫だ」

キロランはそれを無視した。アダムに抵抗する力はないとわかっている。つかんでいる手に力を入れると、アダムはしぶしぶキロランに寄りかかり、二人は家の中へ入った。

キロランはミリアムに、お茶とクランペット、ロールパンを暖炉が燃えている図書室に持ってくるよう命じてある。典型的な英国式のティーにしたかったのは、それでなんらかの記憶を呼び覚ませないかと期待したからだ。以前は乗馬のあと、時々ここでこうしてティーを楽しんだ。アダムはどんな反応をするだろうか？

周囲を見回したアダムは目の前の居心地よさそうな光景を眺めた。頭の中に綿がつまっているような感じだ。アダムはじれったそうに頭を振ると暖炉の前の椅子に身を沈めた。

「紅茶のお好みは？」重い銀製のポットを持ち上げながらキロランは尋ねた。

「レモンだけで」反射的に答えたアダムはキロランがほほえんでいるのに気づいた。「どうかした？」

「それがあなたのいつものお好みだからよ」

「ぼくの脳は、一番大事なことはわかっているんだ。そうだろう？」

「少なくとも、ユーモアのセンスはちゃんと残っているみたいね」

「ぼくにはユーモアのセンスがある？」

「時にはね」からかおうとしてキロランは思いとどまった。〝疲れさせないように〟と医者から注意されている。そして、からかうのは疲れさせる範疇《はんちゅう》に入るだろう。「さあ、サンドイッチを召し上がれ」

「おなかがすいていない」

キロランは無理強いするつもりはなかった。でも、アダムの顔は青白い。事故の前の、生き生きしたアダムとは別人のようだ。食べるよう説得できるものなら、そうしていたろう。「わかったわ」

アダムはお茶を飲んだ。暖炉のそばは気持ちがいい。暖かくて落ち着ける。頭がすっきりしてさえいたらいいのだが……。巨大なくるみ割りで頭を挟まれ、あらゆる思考、普段の自分を自分ならしめているもろもろのものがすべて搾り取られてしまったみたいだ。

だが、普段の自分とはいったいどんな人間なのだろう？

アダムはカップを置き、キロランを見た。彼女はブルーベリー色のやわらかなウールのドレス姿で、髪は肩に垂らしている。濃さを増していく夜空に浮かぶ月のようだ。靴を脱ぎ、長くすらりとした脚を前に投げ出している。アダムは昏睡状態から覚めてまだ二日しかたっていないが、感覚がすべて失われているわけではなかった。いつものような食欲はないかもしれない。だが、キロランを意識し、胸が激しく脈打つのは男性としての大事な部分がいまも損なわれずに機能している証拠だ。

「キロラン？」

アダムの視線にキロランは気がついていた。たぶん、ベッドをともにした時以外には見せたことがない態度でアダムはじっとこちらを眺めている。普段は、あんなにあからさまには見ない。彼の目には欲望の陰りがある。キロランは思った。二人が最後に愛し合ったのはいつだったろう？「何？」

瞬間、アダムは質問を忘れそうになった。だが、意志の力を振り絞り高まる欲望を断ち切った。これは大事なことで先延ばしにはできない。それに、忘れるのはもうたくさんだ。「普段のぼくはどんな人間か教えてくれないか？」

キロランはアダムの魅力的な顔に複雑な感情がよぎるのを見た。初めて見る表情だ。そこには、ためらいと不安、そして、いつもの強い意志が表れていた。「身長は一メートル八十で、髪は黒で――」

「外見のことではない。鏡を見て、自分の顔がいつも黒や青のあざだらけで、二倍も腫《は》れ上がっているなどとは思わないよ。ぼくがどんな人間なのかを教えてほしいんだ。君がぼくの恋人だとしたら、誰よりもぼくを知っているに違いないから」

あなたを本当に知っている人は誰もいない、あなたはいつも自分の内を他人には見せなかったから、そう告げたら、批判しているように聞こえてしまうのではないだろうか？　私には彼を批判する資格はない。そういう彼を私は愛しているのだから。そうでしょう？　かといって、私が抱いている真の恋人のイメージに合わせて彼を愛情豊かな男性に仕立て上げることもできない。

「あなたがどんな人かね……」キロランは考えた。「そう、勤勉で、規律を重んじ、集中力がある。成功者ね。たぶん、世界で五本の指に入る投資銀行家よ。人々はあなたを尊敬していて――」

「機械みたいな人間に聞こえるな」その声には苦々しさがにじんでいる。

「ああ、アダム、あなたは機械などではないわ。それは請け合うわ」キロランは深く息を吸った。こうしたことは、事実上の恋人ではあるけれど私について何一つ覚えていない男性に向かって部屋の反対側からは言いにくいものだ。「あなたは温かく、思いやりがある恋人よ」キロランは少し、間を置いてから続けた。「これまでで最高の恋人だわ」

証言にしてはどこか説得力が欠けているように感じられるのだが、アダムの頭は疲れ、混乱して、それがなんなのかわからない。

キロランは心配そうな顔で立ち上がった。「疲れたでしょう。休んだほうが――」

「病人扱いしないでくれ」

「いいえ、あなたは病人よ」キロランは厳しい顔でアダムの横に立った。「いまのところはね。よくなりたいなら、私の言うとおりにしてもらわなくてはいけないわ。あなたにそう告げるようにとお医者様から言われているの」

「拒絶したら？」

「そうしたら、あなたの世話をする看護師を雇うわ。サンディみたいな人を」

あの命令口調の声や有無を言わさぬ態度を思い出すと身震いする。アダムはキロランを見つめた。こうした優美で美しい女性に、学校の教師のような態度をとられると、なぜかとても魅力的に感じる。でも、どこかに違和感がある。頭の中にかかっている分厚いカーテンがかすかに開いた。「ぼくは君から命令されるのに慣れていない。そうだろう？」

キロランはうなずいた。「ええ、私からも、誰からもね」

「ぼくは暴君なのか？」

「私は暴君とつき合うような人間ではないわ。どんなに相手がすてきでもね」

「君はぼくをすてきだと思ってくれているんだ」

アダムに対して感じていることを告白したのはこれが初めてだった。「悪くはないわ」キロランは渋々認めた。「顔が傷とあざだらけでない時は」

アダムは笑った。「ぼくが暴君ではないのは確かなんだね?」

「暴君度を点数でつけるとすれば、三点そこそこかしら」彼は真実を知りたがっているようだ。なら、事実を伝えるべきだろう。「あなたは自分の王国の主《あるじ》なのよ。ただそれだけ。自分の思いどおりの人生を送っている」

「ほかの人はそうではないの?」

「あなたほどではないかもしれないわね」

アダムはキロランにもっと尋ねたかった。だが、体の中に抗《あらが》い難い疲労感が広がっていく。アダムは目を閉じ、あくびをした。

「さあ、もう本当に寝なければ」キロランは強い口調で促した。

アダムは目をぱっと開いた。目の奥にからかうような光があり、キロランの胸は締めつけられた。アダム、記憶を取り戻して私のところに戻ってきて。キロランは無言で祈った。お願い、私のところに戻ってきて。

と、その時、別の恐ろしい考えが頭をよぎった。この新しいアダムは限りなくおだやかで、素直でつき合いやすい。

アダムがいつものアダムに戻ったとして、私は前のような関係を受け入れられるだろうか?

ああ、いまから先のことを考えてもしかたがない。

「さあ、寝る時間よ」キロランはぎこちなく告げた。

それから数日間、アダムはもっとも有効な方法で静養に努めた。

アダムは眠った。キロランの大きな四本柱のベッドで一度に何時間も眠った。

最初にベッドへ連れていった時、アダムが何か反応を示さないか、この部屋で二人が味わった喜びを少しでも思い出しはしないかとキロランは注意深く見守っていた。

だが、なんの反応も示さなかった。記憶の断片が揺り動かされた形跡もない。ベッドに対して無関心だったわけではない。その反対だ。アダムは疲れた目で問いかけた。

「キロラン、ぼくと一緒に寝ないの?」

弱さ、悲しみを見られたくなく、キロランはうつむき、ベッドカバーをはがした。裸身でアダムの横に身を横たえ、その体をひしと抱き締めたくないはずがない。セックスを望んでいるのではない。ただ、そばにいて、慰めを与えてあげたい。

でも、セックスなしにベッドに横たわっている場面は想像できない。二人の関係はそうしたものではない。アダムはセックスを好む。それはキロランも同じだが、時に、セックスなしの親密な関係が欲しいと思うこともあった。

これまで、お互いの存在を居心地よく感じ、のんびりくつろぐことはなかった。二人の間には常に遠慮があり、壁があった。キロランはアダムが防御の壁を低くしてくれればいいと願い、アダムは多くをさらけ出さないようにと警戒していた。

二人の関係は満足のいくものではあったが、ともに未来を描くことは一度たりともなかった。アダムの目は現在だけに向けられていた。キロランは与えられたものを楽しんではいたが、一方で、得られないものに焦がれてもいた。約束と献身——それはアダムからは決して得られない。

「私はしばらく隣の部屋で寝るわ。あなたは少し、一人でいる必要があると思うから」キロランは明るく切り返した。

一人になる必要があるのはキロランも同じだった。アダムは顔をしかめ、反対の意を表明したが、疲れていて強く反対する力はなく、おとなしくベッドに横たわった。

「わかった」アダムはあくびをした。「君がそう言うなら」

それから数週間で、アダムは確実に回復のしるしを見せ始めた。少なくとも、身体的には。眠ったおかげで目には新たな輝きが、肌にはいつもの健康的なつやが戻ってきた。キロランはよくアダムを外に連れ出し、春の日差しの中、庭の静かな場所に座らせた。アダムは食事もきちんととった。キロランは考えつく限りの新鮮でおいしい料理を用意していた。

ある夜、キロランはサーモン、それに、新じゃがいもと新鮮な緑色のえんどう豆をテーブルの上に出した。アダムは満足そうに笑った。「これは誰が料理したの？」

「私よ」

頭の中のカーテンが少し揺らいだ。「だが……君は料理はしない」

ポテトを自分の皿に取り分けていたキロランは顔を上げた。「ええ、そのとおりよ。私は以前は料理はしなかったわ」

「でも、いまはするのか？」

「そうよ。実は、とても楽しんでいるの」

「変わった理由は何？」

これは単に料理についての会話ではない。記憶を呼び覚ます手がかりなのだ。キロランはアダムの記憶が戻るのを何よりも望むと同時に、恐れてもいた。

「あなたが私を変えたのよ」

「ぼくが？」

「ええ」

アダムはキロランを見つめた。黒のベルベット姿はこの上なく清らかに見える。「ぼくが料理をしろと文句をつけたのかな？」

「そういうわけではないけれど。でも、あなたは私に使用人がいて、面倒を見てもらっていることを非難しているのは明らかだったもの」

うなずきながら、アダムはキロランの言葉の意味を理解しようとしていた。つまり、彼女はぼくに認めてもらいたかった？　なぜ？「キロラン？」だしぬけに発せられたその声に何かを感じ、キロランは身を硬くした。

「何？」

「君とはどうして知り合ったのかな？」

12

突然、手が震え出したキロランはスプーンを下に置き、アダムを凝視した。

「どうやって君と知り合ったの？」アダムは繰り返した。

こうした事態が起きるかもしれないと医者から言われていた。これまでになかったのが不思議なくらいだ。アダムの心は欠けている記憶の一部、あるいはそのすべてを自然に思い出すかもしれないし、あるいは、助けが必要かもしれないと医者は語っていた。

アダムに事実を告げるのは難しい仕事になる。彼にこれまでのいきさつを語れば――あくまで正直に話すとしたら――自動的に自分の感情の多くをさらけ出すことになりかねない。

「私たちが出会ったのは、祖父がわが家の不振の事業の立て直しをあなたに頼んだからよ」

「いつの話？」

キロランは眉を寄せた。「九カ月ほど前かしら」

ああ、もうそんなにたってしまったの？　考えていたより長い時間がたっている。ついこの前のような気がするけれど。「でも、実際に出会ったのはそれよりずっと前だわ」

今度はアダムが眉を寄せた。「いつ？」

「あなたは十八歳の時、うちの会社で働いていたの」キロランはゆっくり続けた。「あなたはこのあたりで育ったのよ」

「ぼくの母親は？　それに、父親は？」

キロランは返事に窮した。いまとなっては大昔の出来事のように思えるけれど、アダムは最初に日光が降り注ぐ庭で自分の生い立ちについて打ち明けてくれている。

アダムは事実を受け入れられるだろうか？　いつもは胸の奥深くにしまってある事実を？

〝何も隠さないでください〟と医者からアドバイスされている。

〝でも、事実がつらいものだとしたら？〟キロランは医者に尋ねた。

〝過去はつらい場合が多いものですよ、ミス・レーシー。生きるとはそういうものです。苦しみを味わわないように守ってやれば、成長が阻害されます。成長しなければ、われわれは死んでしまいますからね〟

「あなたはお父様を知らないで育ったのよ。それから、あの夏以来、お母様とは会っていない」

心の中にかすかな風が吹き始め、記憶の部分を覆い隠している分厚いカーテンが揺れている。アダムの脳裏に遠い昔の朝の場面が浮かび上がった。台所だ。流しには汚れた食器が積まれていて、テーブルの上にはメモがある。母親は戻ってこない。行ってしまった。何かを持って行ってしまった。ぼくの希望を、夢を……。そして、自分でなんとかしない限り、ぼくの評判もがた落ちになってしまう。

たじろいだアダムは苦悩に陰る目でキロランを見つめた。「思い出したよ。家……誰もいない」長く、緊張に満ちた沈黙があった。「母親は行ってしまった」

キロランはアダムのそばに行き、腕に触れた。「ほかに思い出したことは？　アダム、ほかには？」

アダムは首を振った。濁った水の中を泳いでいるようだ。時々、水面に光が差すが、すぐにまた泥で濁ってしまう。アダムはキロランの緑色の瞳を見つめた。それから、熟したいちごのようにやわらかく、みずみずしい唇に視線を移した。

突然、アダムは過去などどうでもよくなっていた。現在だけを考えていたい。限りない楽しみを思い浮かばせてくれる現在を。この美しい女性がぼくに触れ、すばらしい喜びを思い出させてくれている時、なぜ、苦しさを選ぶ必要がある？「キロラン、キスしてくれ」

「いまはだめ。まだ、早いわ」

「キスしてくれ」アダムは繰り返した。以前の専制君主的なところが戻ったようだ。

顔を近づけたキロランは瞬間、その姿勢で静止した。二人の目が熱くからみ合う。キロランはその時ほどアダムを近くに感じたことはなかった。

「さあ」アダムがささやく。

キロランは顔をさらに近づけ、唇を重ねた。軽く触れ合う小さなキス。キロランは唇にアダムの温かい吐息を感じていた。二人の唇はかすかに開かれ、甘く、探るようなキスを交わした。生まれて初めてのキスをする十代の若者のように。

初めてアダムとキスしているみたいな感じがする。

キロランの胸はどきどきしてきた。

アダムは手を伸ばし、キロランの首に触れていた。

彼女の肌に触れるのはこれが最初のような気がした。

実際、ある意味でそうなのだ。アダムの感覚は昏睡《こんすい》状態で一度死に、それから以前にも増して強くよみがえったからだ。高まる欲望に血液が熱くなっている。だが、早く欲望を満たしたいというせっぱつまったあせりはなかった。こうして一晩中、彼女に触れていたい。

アダムは唇を離した。「ベッドへ行こう」

首を振るキロランの胸は早鐘のように鳴っている。

「あなたはまだ、充分に回復してはいないわ」

「誰がそう言った?」

「お医者様がなんとおっしゃるか――」

「医者など知ったことか」アダムは椅子をきしらせて立ち上がり、キロランの手を取った。

「アダム、いけないわ」

「キロラン、もう待てない」

キロランの頬は上気していた。その言葉が長い間、待ち望んでいた告白めいたものに思えたからだ。でも、そうではないと思い直した。いまのは単なる事実、気持ちを告げたにすぎない。アダムの体、そして、心は死んだも同然だった。だからいま、彼はもっとも基本的なやり方でその復活を祝いたいのだ。

「わかったわ、ベッドね……」キロランは小さな声で同意した。

キロランは結婚初夜の処女の花嫁のような恥ずかしさを感じていた。アダムはキロランの手を取り、つい二、三週間前に生命の危険にさらされたとは思えない、それどころか、生まれてこのかた病気知らずの男性のようにしっかりした足取りで二階へ上がっていく。

寝室のドアを閉めると、アダムはキロランを腕に抱き、頭を下げた。彼の唇がキロランの唇に触れるか触れないくらいの近さにある。「ぼくにどうしてほしい?」

「キスして」

二度、言われる必要はなかった。アダムはキロランの唇に長いキスを浴びせた。キスが命の泉で、それをむさぼるように飲んでいるみたいだった。

泉がかれてしまうのではとキロランが感じた時、アダムの手がキロランのドレスのファスナーを下ろし、黒のベルベットは床にはらりと落ちた。

淡い緑色のレースの下着以外何もつけず、絹のように輝く白い肌をさらして前に立つキロランの美しさに、アダムは息をのんだ。大きくくれたブラジャーから胸がこぼれ、そろいのパンティの下からすらりとした長い脚が伸びている。

こうした姿は前にも見ているに違いない。それでも、アダムはいま、初めて見るような感動を味わっていた。

「信じられないくらい美しい。夢みたいだ」

「夢じゃないわ」キロランはアダムのシャツのボタンを外し始めた。「たくさん着ているのね。私はほとんど何も着てないのに」

低く笑ったアダムははっと息をのんだ。キロランの手のひらが敏感な胸の頂を軽くかすめたのだ。

「君だってたくさん、着ているじゃないか。ああ、キロラン……」キロランがアダムのズボンのファスナーを下ろし、高まっている男性自身を指先でからかっている。アダムは手をキロランの腿の間にすべらせ、指を動かし始めた。突き上げる快感にキロランは目を見開いた。「これが好きかい?」アダムがささやいた。

「記憶をすべて失ったわけではないようね」キロランはうめいた。「わかっているくせに」

「単なる本能かもしれないよ」

本能とは味気ない表現、とつかのま思ったキロランだが、期待と興奮、そして、不安が入り交じった耐え難い感覚に頭をのけぞらせ、再びうめき声をあげた。

アダムとの愛の行為はいつもすばらしかった。でも、こんなに無防備な気持ちになるのは初めてだ。心の奥深くに抱く彼への思いを隠すのは不可能な気がする。喜びの高みに達した時、彼への愛を叫んでしまったらどうしよう？

「そんなに心配そうな顔をしないでここへ来て」アダムはキロランを抱き寄せ、ベッドに横たわった。「心配すべきはぼくのほうだ。あの事故で君と愛し合うことができないようになっていたら……」

二人の目は同時にアダムの下半身へ向けられた。そこには彼が愛の行為を望んでいる証拠がはっきりとあった。

「その心配はないみたい」キロランはにこりと笑い、アダムの耳たぶを軽くかんだ。

だが、断言はできない。アダムにはわかっていた。これはテストなのだ。でも、単に肉体的能力のテストというだけではない。はっきりしないが何かほかにある。それがアダムをとまどわせていた。キロランはどこか自分を抑えているようだ。どうしてだろう？

アダムはキロランの胸をなぞった。とらえどころがない何かを分析するより、このほうがはるかに簡単だ。

キロランの口から吐息がもれる。キロランはアダムの背に腕を回し、たくましい肩を覆う肌に手をはわせた。

アダムの手がキロランの全身を探っていく。熟知しているはずなのにいまだ、見覚えがない土地を再確認しているかのようだ。キロランの体はたちどころに反応し、アダムの指先に触れるキロランは熱く、汗ばんでいる。

「私をあなたのものにして」キロランは耐えられずにささやいた。「お願い……」

思いがけない、古風な懇願にアダムの血管に電流のようなものが走った。アダムはキロランの上に体を重ねた。欲望は高まるばかりで、すぐにもどうにかしなければ、爆発してしまいそうだ。

「ああ、アダム！」アダムが中に入ると、キロランは叫んだ。そして、アダムが動き始めると、喉の奥からすすり泣きのような声をもらした。「アダム！」

アダムはしばし、動くのをやめた。このすばらしい時にやめたくはない。だが、これはいつもと違う感じがする。アダムはキロランの顔にかかる髪を払ってやり、その瞳をのぞき込んだ。「何か言いたいのかい」

男性から先に言わない限り、愛しているなどとは決して言わない。キロランは言葉をかみ殺し、首を振った。「すばらしいわ」

男性としての力を証明されたのになぜ失望するんだ？　アダムは自問した。なぜ、こんな虚《むな》しい気持ちになるのか？　だが、その時、キロランが動き始めた。巧みなリズムを刻むキロランの腰にアダムの興奮は一気に高まっていった。

「キロラン！」振り絞るようにアダムはキロランの名を呼び、キロランは声をあげ始めた。強烈な快感が次々に押し寄せてくる。やがて、二人は喜びの頂点に上りつめた。

しばらくして、二人は互いの体に腕を回して無言で横たわっていた。

夜空に月が昇り、銀色の光がベッドに降り注ぐさまを、アダムは眺めていた。これからの人生、いまのままで生きていけるだろうか。過去を失ったまま現在だけと向き合って？　アダムはため息をついた。

キロランは横向きになりアダムを見た。ため息はつらく切ない時に出るもの。これまで、アダムがため息をついたのは聞いたことがない。「アダム?」

アダムはキロランを見た。髪の毛が胸にこぼれている。月の光を浴びた彼女は別世界から来た生き物のように見える。でも、実際、そうなのかもしれない。彼女はぼくよりぼくの過去をよく知っている。

「ん?」

「気分はどう?」

アダムはキロランを抱き寄せた。温かく、やわらかな肌。これ以上のものはない……。「ぼくがどんな気分だと思う? 最高だよ」

「私はさっきの行為について尋ねたのではないわ」

それはアダムもわかっている。それにしても、彼女はなぜ、急に身構えるような態度をとるのだろう。不安なのか? そうさせたのはこのぼくに原因が?

「ぼくの回復状態について、いまこの時点の最新情報を知りたいのかな?」

キロランは首を振った。「そういうわけではないわ。私が言いたいのは、つまり、いま私たちがしたことが――」

「セックスってことかい?」

なぜ、彼女は顔を赤らめるのだろう? まるで十六歳の乙女みたいに?

「アダム、あなた、もっとまじめにならなくては」

「ぼくがふまじめ?」

「あなたは具合がよくなかったのよ。それなのに、いま、愛し合ってしまった。たぶん、早すぎたのではないかしら」

アダムはキロランの手を取り、胸毛の生えた胸に、さらにその下へ導いていく。キロランの小さなあえぎがアダムの耳に聞こえた。「ぼくはそうは思わないさ。体の回復ぶりは早いようだ」

「でも、心は?」

アダムは天井を見つめた。心は別の問題だ。「まだ、幕が下りたままのようだ」

「平気なの？」

「気にならないかと言いたいのかい？」アダムは笑った。「ああ、キロラン、ぼくに何ができる？　待つよりほかにないじゃないか。あせってもむだだ。その時になったら思い出すさ」

二人は再び沈黙した。

いま、アダムは安らぎを感じていた。だが、どこかで、これは普段の自分ではないと小さくささやく声がする。過去の扉を開けて、そこが悪魔で満ちていたらどうする？　記憶が戻った時、こうした安らぎをまた味わえるだろうか？　だが、いかに忌まわしいものだとしても、人は過去なしでは生きていけない。

アダムは結局、食べなかった夕食の時の会話を思い出そうとしていた。

汚れた台所、テーブルの上のメモの記憶が目に入り込んだ砂のようにひりひりした痛みを伴いつつよみがえってくる。

「キロラン、ぼくは戻ってみたい」

「戻るってどこへ？　ロンドンへ？」

「ぼくが育った場所……そこへ行きたい」

13

アダムが子供時代を過ごした家にキロランがアダムを連れていったのはそれから数日後のことだった。時間を置いたのは、アダムの健康がまだすっかり回復したわけではなく、ショックが強すぎるかもしれないと懸念したからだ。それは嘘《うそ》ではない。

でも、ほかに身勝手な理由があったのも否定できない。アダムをかつての家に連れていき、ぼやけた画面のピントが急に合ったように記憶がはっきり戻ってきたらどうしようという不安があったからだ。

私は新しいアダムに慣れてしまっている。以前のアダムとの関係では常に不安に駆られ、感情を抑えつけなければならなかった。そうした状況にまた耐えられるだろうか？

出かけようと決めた朝は、これ以上は望めないほどすばらしい春の日だった。淡いブルーの空は雲一つなく晴れ渡っている。生け垣では鳥たちが元気よくさえずり、土手には黄色のプリムローズが咲いている。

春だとキロランは思った。再生の季節だ。でも、生まれ変わるのはたやすくはない。誰もそれは否定しない。そして、それがすべてを変えることも。

キロランはアダムを横目でうかがった。かなり回復している。本人の持つ不屈の力、バイタリティが役に立ったのだ。少なくとも、外見は私が恋した男性と同じだ。

でも、よく見ると、まったく同じとは言い切れない。アダムは変わった。灰色の目には、もはやいらだちはない。獲物を狙《ねら》うさめのようなぎらぎらした目は消えている。

でも、記憶が戻ればその目が戻ってくるかもしれない。冷淡で野心的なアダム・ブラックが再び現れてくるかも……。

「さあ、出かけましょうか？」

アダムは手でつややかなキロランの髪をなで、首筋にそっと唇を押し当てた。「ちょっとの間、ベッドに戻ったらどうだろう？」

気持ちが動き、キロランは目を閉じた。アダムの能力ですみやかに回復したものが一つあるとすれば、それは恋人としての技巧だった。「でも、私たち、起きなければいけないわ！」

「できるだけ休むようにと医者から言われている」

「あなたの休むという意味とお医者様がおっしゃる意味は違うと思うわ」キロランは名残惜しげに体を離した。「歩いていく？　それとも車で？」

「歩くよ」

「疲れないかしら？」

「キロラン」アダムはため息をついた。「ぼくは大丈夫だ。もう君に看護してもらう必要はない。過保護はかえってよくない」

「私はただ役に立ちたいだけよ」

「気持ちはありがたい。だが、もうぼくのことはほうっておいてくれ。身体的にはもう問題ないから、自分の面倒は自分で見れる。そうしなくてはいけないんだ」

うなずいたキロランだが、春の日は肌寒いからと背を向け、やわらかなウールのカーディガンに手を伸ばした。〝ほうっておいてくれ〟その言葉にキロランの体は凍りついていた。カーディガンの袖《そで》に手を通すと少しほっとした。すでに、アダムは私を締め出している。記憶を呼び覚まそうとしなくても……。

でも、私の気持ちはどうでもいい。これはアダムの問題。彼は自分自身を取り戻さなければいけないのだ。

アダムはおだやかでやさしくなった。でも、そうした彼のままでいてというのは身勝手というものだ。自分が本当にどういう人間なのか、アダムは知る必要があるし、アダムが本来の自分を見つけた時、それでも、私を望んでいるのかを知らなければならない。そして、私がアダムを望んでいるかも。

「行きましょうか?」

レーシー家の庭はかつてないほど美しかった。芝生は手入れされ、刈り取られたばかりの草のにおいにこれまでのさまざまな春の思い出が頭に浮かんでくる。瞬間、キロランは太陽が降り注ぐ芝生を走った子供時代に帰っていた。あのころ、人生はとても単純に見えたのに。

でも、果たしてそうだったろうか?

記憶はいつも美化されがちなもの。昔を振り返った時、過去は常にすばらしかったように見えはしないだろうか。つらかったことも心が巧みに消してしまう。人生を耐えられるものにするための自然の摂理なのかもしれない。母親の気まぐれと突飛な行動で家の中の雰囲気は暗かった。でも、キロランが思い出すのは、花々の間を走り回っていた幸せな少女だ。

鳥の鳴き声を聞き、若葉を揺らすそよ風に吹かれつつ、二人は小砂利が敷かれた小道を進んだ。

「口数が少ないんだね」アダムが話しかけた。

「まあね」キロランは顔を上げた。気のせいかしら? それとも、灰色の目はすでに少し、よそよそしくなっている? アダムにとって、私もすぐに単なる思い出となってしまうの? 「この道、覚えている?」

覚えているようだった。もう何年も歩いてなかった道をアダムの足は自然にたどっている。慣れ親しんだ道が心の奥底に刻まれていて、無意識のうちにそれを見分けているのだろう。

バス停を通り過ぎたところでアダムは立ち止まった。「ここからバスに乗った」アダムはおもむろに言った。「ロンドンへ――レーシーズを辞めた日だった」

キロランはアダムの顔に考え込んだ表情が浮かぶのを見た。「話してちょうだい」

アダムはジーンズのポケットに手を突っ込んだ。「曇った日だった。ポケットにはレーシーズで働いて稼いだ金がたっぷりあった」もう借金に悩まされなくてすむという解放感があったのを覚えている。そして、虚《むな》しさもあった。でも、なぜ虚しかったのだろう？　どうして？

バスに一人の娘が乗っていた。彼女は〝ラブ〟と綴《つづ》ったビーズのネックレスをしていた。そして、ダンスパーティに出かけるようなドレスを着ていた。薄い金色の地のふわふわしたドレスで真っ黒な髪がよく引き立っていた。道中、持っていた果物を分けてくれた。彼女もロンドンへ行くところだった。

彼女とは一カ月――もしかしたら、二カ月かもしれない――一緒に暮らした。彼女のおかげで虚しさの一部は癒《いや》された。だが、結局、彼女とは別れて先へ進んだ。常に前進を続けた。さめのようにひたすら動き続けた。

「それで？」

キロランは期待に満ちたまなざしでアダムを見つめている。その、やさしい無邪気な表情にアダムは胸を突かれた。キロランを傷つけてはならない。あの女性の記憶は自分の胸に納めておかなくては。

「ロンドンへ行き、成功した」アダムは軽い口調で答えた。「十四世紀の大商人でロンドン市長にもなったディック・ウィッティントンのようにね」

「彼の猫の話は有名だけど、あなたは猫は飼っていなかったのでしょう？」

アダムは笑った。「ああ、猫は飼っていなかった」

「さあ、お店よ」

村の店は変わっていた。主に地元の農家が作る新鮮な野菜や乳製品を売る店から、やたらに明るい、安っぽいスーパーに変身していた。そしていま、再び地元の農産物を売っている。ショーウィンドウには〝有機野菜・地鶏卵、販売中〟との広告が貼《は》られている。結局、元に返るのだ、とキロランは思った。今日はすべてに深い意味があるように感じられる。アダムの過去を見つけようとする過程で、私も必然的に自分自身の過去と向き合わざるを得なくなっている。

私はレーシーズに帰ってきて人生の出発点に戻った。でも、ここにとどまるかどうかは考えていなかった。これまで、将来について思いをめぐらしたことはなかった。

私は残りの人生をレーシーズで過ごしたいと望んでいるのだろうか？　心の奥底ではそうしたいと願っていると知りつつ、キロランは自らに問いかけていた。

アダムの足は店の前を通り過ぎた。その先には壁が真っ白な漆喰《しっくい》で玄関のドアが薔薇《ばら》に縁取られた、絵に描《か》いたようなコテージが並んでいる。羨望《せんぼう》に似た痛みをアダムは思い出していた。ここは本物の家族が住む場所。これらの家々にはいつも明かりがともり、家族がテーブルを囲んで食事をしていた。窓にはクリスマスツリーが光っていた。そして、自分は寒さの中で外に立っている少年だった。

やがて、家が立て込んできた。春の風にあおられたごみが、あちこちに舞っている。少年の一団がおしゃべりをやめ、世間ずれした目で二人を眺めた。その一人をまっすぐに見返したアダムは、その少年の顔に浮かぶ警戒と猜疑心《さいぎしん》を見て取った。天真爛漫《らんまん》な子供時代を決して味わえなかった少年の顔。かつての自分の姿だ。

角を曲がり、道路を半分ほど行ったところ、狭いテラスの前でアダムは立ち止まった。

家は以前とは違っていた。玄関は明るい黄色で塗られたばかりのようだ。アダムの好みではないが、少なくとも、誰かがきれいにしようとした努力のあとがうかがえる。窓の下にはドアの色に合わせ、数本のらっぱ水仙が植えられたプランターが置かれている。花はほこりをかぶっていて水やりが必要だが、枯れてはいない。成長している。希望を与えている。

アダムの硬い心がふっとほぐれた。「ここだ。ここでぼくは育った」

アダムは狭い通りを見つめた。経験を積んだ、客観的な目で眺めたアダムの目に初めて物語のもう一つの面が見えてきた。母親についてだ。

母はどんな思いだったろう？　すぐに非難し、責めてしまった。裏切られたのだから、それは当たり前だったかもしれない。だが、生きるための母親の苦労、息子に服を着せ、食べさせる苦労を考えたことはあっただろうか？

アダムはキロラン、あるいは知っているほかの女性が同じ状況に陥った姿を想像しようとした。ひとりぼっち。妊娠していて、仕事に就く技術もなく、子守りも頼めない。現在ですら、こうした女性が置かれた状況は楽ではない。だが、当時は、シングルマザーでいるのは悪夢だったに違いない。極度の貧困と世間からの冷たい目。

母が自ら持つ唯一の財産に頼ったこと、若さと美しさを最大限に利用して愛し養ってくれる男性を虚しく求めたことを誰が非難できよう？

母が陥った状況は、かかわった男性が母の求めた役割には向いていなかったためだ、それを母のせいだと責められるのか？

そして、母の苦しい状況の大きな要因はこのぼくだった。ぼくが生まれた。子供が足かせとなってしまった。ぼくの子供時代、彼女は最高の母親ではなかったかもしれない。だが、できる限りのことはしてくれたのかもしれない。

アダムは家をじっと眺め続けているキロランに目をやった。「小さい家だろう?」

キロランは頬が赤くなるのを感じたが、頭をめぐらしアダムの視線を受け止めた。「ええ。でも、大きさは問題ではないわ。家を家庭たらしめるのはその中身だもの」

そこにキロラン自身の切ない気持ちをアダムは読み取っていた。彼女は裕福だったかもしれないが、幸せいっぱいの人生ではなかったようだ。母親の素行はほめられたものではなく、多感な若い娘はひどくばつの悪い思いをしたに違いない。

出自は問題ではない、大事なのは現在の自分だと、その時アダムは悟った。だが、いまの自分はどんな人間なのだろう? 自分はいまの自分を好きなのだろうか? キロランはぼくをどう思っているのだろう? 疑問が押し寄せ、息がつまりそうになる。ここから立ち去らなくては。

「さあ、帰ろう」

「玄関をノックしないの?」

「どうして?」

「お母様の居場所を知っているかも――」

アダムは首を振った。「キロラン、周囲を見回してごらん。これらの家は渡り労働者のような人たちが一時的に住むためのもので、昔もいまもそれは変わらない」

キロランは指をアダムの腕に軽くのせた。「ほかには何か思い出さない?」

頭の中をすっきりさせようとアダムは首を振った。記憶はそこにあり、頭の奥から顔を出そうとしている。だが、何かがそれを押しとどめている。

二人は来た時とは違った道を戻った。そして、パン屋の前まで来るとアダムは立ち止まり、ショーウィンドウに飾られた作り物のウエディングケーキを見つめた。ケーキは覚えている限り、ずっとそこにあった……。

その時、頭の中の扉が開き、一気に押し寄せる記憶にアダムは溺《おぼ》れそうになった。

「アダム?」キロランは手を上げ、ためらいがちにその頬に触れた。アダムの顔から突然血の気がうせ、緊張で表情が強《こわ》ばっていた。「アダム、どうかした?」

アダムは首を振った。恐ろしいほど色鮮やかな万華鏡の中で過去と現在がぐるぐる回っている。

母親は行ってしまった。そして、自分には誰もいない。方向舵《ほうこうだ》を失い、あてもなくさまよっている。体の中にぽかりと穴が空いたようで、とにかく何かでそれを埋めなくては……。

どのくらいそこに立っていただろう? 何かが終わったかのようにアダムはうなずき、キロランの目を見た。記憶が戻ったのだとキロランは尋ねるまでもなく察した。誰かが時計のスイッチをぱちんと入れたみたいだった。

「思い出したのね?」

「ああ、思い出した。ぼくがレーシーズへ働きに行ったのもそのためだった。母親は借金を残して行ってしまったんだ。ぼくは皆から疑いの目で見られた」

「アダム――」

アダムは首を振った。キロランに同情されたくないし、理解してもらいたいとも思わない。少なくともいまは。「大丈夫だ」

アダムの心に再び幕が下り、キロランを締め出してしまったみたいだ。キロランはアダムを見つめ、ささやいた。「アダム、私に話して」

「話すことなど何もない」

しばしの間、キロランは待った。彼女の目は色あせたケーキの上に立つほこりまみれの花嫁と花婿に向けられていた。結婚というものを嘲笑《ちょうしょう》しているかのようだ。「あなたはいま何をしたいの？」キロランは静かに尋ねた。

アダムはほほえんだが、やさしさのようなものは消えていた。「屋敷に戻り、君と愛し合いたい」

その気持ちはキロランにも理解できる。感覚がしびれる甘い世界に溺れ、苦痛を消し去ってしまいたいのだ。でも、体はすぐに反応するのに、心は警戒している。アダムはいままでとどこか違っている。固い保護膜で覆われてしまったようだ。

傷つきやすいやわらかな部分はすべて消え、代わりに官能的な略奪者が戻ってきた。

屋敷まで二人は黙って歩いた。アダムは考え込んでいる。キロランは頭の中ではそれを理解し、責めはしなかった。記憶が突然戻り、よみがえった情報を整理しているとしたら、取るに足らないおしゃべりで妨げる権利は私にはない。アダムの人を寄せつけない表情を見ていると、大事なこともきけなくなる。

キロランの喉は不安と切ない思いでからからになっていた。屋敷へ戻ると、アダムは無言のままキロランを二階へ連れていき、ゆっくり、じらすように服を脱がせ始めた。そして触れられたとたん、キロランの体に火がついた。

まるで試験を受けているかのように、アダムはいつもより巧みに、熱を込めキロランを愛した。キロランは身を震わせ、何度となくアダムの名を叫んでいた。こんなに刺激的でうっとりさせられるのは生まれて初めてだった。でも、何か欠けているという感じがつきまとって離れない。

喜びの高みに達したあと、二人は抱き合い、横た

わっていた。お互いの心臓はまだ激しく脈打ってい
る。
「あの……すばらしかったわ」キロランは愛の行為
に費やした時間を思った。「でも、あなたは疲れす
ぎてはいけないから――」
「ああ、キロラン」アダムはぐるっと回転して、再
びキロランの上に体を重ねた。その表情は硬く、つ
っけんどんな感じすらする。「君の看護師としての
役割は終わったんだ。もう、ぼくのことは心配しな
いでいい」
喉に不安が突き上げてきた。「どうしたの、アダ
ム？　なぜ、そんなふうに私を見るの？」
「そんなふうにって？」
あなたの表情がもはややさしくもなければ、打ち
解けてもいないなどとどうして言える？
「どれくらい思い出したの？」キロランはおもむろ
に尋ねた。
「全部だ」そっけない言葉は多くのことを語ってい
た。
キロランはベッドの上に起き上がった。胸は重く
沈んでいる。私は前のやり方には戻れない。それは
不可能だ。どんなにつらくとも、アダムの望みどお
りの関係は受け入れられない。以前のような関係を
続ければ、いつ彼を失うかもしれないという不安に
さいなまれて暮らすことになる。彼を驚かせ、別れ
ようという気にさせてしまうのではないかと心配で、
自分の感情を抑えてしまう。
そんな状態で男女の関係は続きはしない。
「話してはくれないの？」
「話すって何を？　レーシーズに働きに来た理由を
はっきり思い出したってことについてか？　君のお
祖父《じい》さんのぼくへの親切とか？」
「会社を苦境から救うのに手を貸したあなたの親切
は？」

アダムはキロランに構わず続けた。「ぼくがアメリカに住んでいたことやぼくの新しい仕事についてはは思い出した。ケンジントンでフラットを借りているのも」

「それから、私たちのことは？」思い切って尋ねてみた。

「私たち？」

「ええ、私たちよ」

アダムはほほえんだ。だが、冷たいほほえみだとキロランは思った。たとえ鼻先に軽くキスしてくれたとしても。

「ぼくたちが男女の関係にあったのは知っている。そして、非常に好ましい関係だったこともだ」

好ましい？　ラジオでかかっているクラシック音楽について語るような言い方だわ！

「そう……」

キロランは何を考えているのだろう、とアダムは思った。だが、セックスのあとの甘いけだるさの中でアダムの頭は忙しく回転し始め、キロランの態度について深く思いをめぐらすゆとりはなかった。

「服を着て、階下《した》で何か飲まないか？」

終わりが近づいているとキロランは感じた。もしそうだとしたら、冷静に、威厳を持って受け入れよう。「いい考えね」キロランは軽い口調で応じた。

二人は黙って服を着た。投げ捨てられた服を拾い、振ってしわを伸ばした。下着を身につけている時、アダムが自分の方を見ていないのにキロランは気がついていた。普段なら、服で体を覆っていくのを楽しむように眺めているのに。

だが、いまのアダムは何か考えながらズボンのファスナーを上げ、ちらりと腕時計に目をやった。

「何を飲む？」階下に下りるとキロランは尋ねた。

「スコッチを少し」

スコッチなど飲んで大丈夫なのかとキロランは言

いかけてやめた。もう、看護師の役割はしなくていいとはっきり告げられている。世話をする役目が終わってしまえば、自分は余計な存在なのだ。

ウィスキーを飲まないキロランは自分のグラスにワインを注《つ》ぐとソファに腰を下ろして待った。

長く待つ必要はなかった。

「キロラン、ぼくは戻らなくてはいけない」

「戻るってどこへ?」

「ロンドンだ」

「まさか、すぐに仕事に復帰するというのではないでしょうね?」

アダムは首を振った。これが彼なりの仕事のやり方なの? ほんの数時間前に記憶がよみがえったばかりなのに、すぐに激しい仕事のまっただ中へ戻っていこうとするなんて。

「いや、このまま仕事場に直行するつもりはないよ。まず、神経科医の診察を受ける」

「そのあとは?」

「まだ、決めていない」

いつ会えるの、とキロランは尋ねたかった。だが、向こうから言うつもりがないなら、こちらから尋ねることはしない。懇願も、訴えもしない。

「いつ発《た》つの?」

アダムは再び腕時計を見やった。「最終電車には間に合うだろう」

「それとも、私があなたを車で送っていきましょうか?」

「ありがたいが、それには及ばない。君の気持ちはうれしいが、もう充分に迷惑をかけているから」

迷惑をかけた? 必要以上に長居した週末の客のせりふみたいだ。

「それなら、急いで荷物を作ったほうがいいわね」

キロランはほとんど口をつけていないグラスを下へ置いた。「せめて駅まで送るわ」

アダムが二階へ上がり、荷造りしている間、キロランは階下で待っていた。屋敷に滞在中に必要だったアダムの身の回りのものはキロランがロンドンから送らせていた。郵便物も、アダムの体調が悪い間に緊急の問題があったらいけないと、弁護士のもとへ転送させておいた。体力が回復し始めてからも、めったにないおだやかで静かな時を妨げたくなく、郵便物の処理は弁護士に任せておいた。

キロランも尋ねたいことはたくさんあったが、口に出しはしなかった。疲れさせてはいけない、ストレスをかけてはいけないと考えたからだ。なぜ、アダムが車でこっちへ向かっていたのか、その理由はわからないままだ。

いまなら、尋ねてもいいかもしれない。記憶が戻っているなら、正直に答えてくれるだろう。しかし、知りたい気持ちが突如うせた。それを知ってどうなるというのだろう？

スーツケースを手にアダムは階下に下りてきた。

「用意はできた？」キロランは明るく声をかけた。

アダムはキロランにどれだけ世話になったかを思っていた。「キロラン」

キロランはその先を言わせなかった。アダムが堅苦しいあいさつをするつもりだとしたら、耐えられない。「言わないで、アダム。お願い、その必要はないわ」

「君に心から礼を――」

「言わないで」キロランは怒ったように繰り返した。「お願いよ、お礼など必要ないわ。私は喜んでしたの。誰にでもそうしていたはずよ」

突如、キロランが遠く離れたところに行ってしまったようにアダムは感じた。彼女をこの腕に抱いてキスしたい。だが、それは大事な問題に目をつぶるだけではないだろうか？　あるべき一片が欠けている人生を生きてはいけない。何かが欠けている。アダムはいま、まさにそう感じていた。

「そろそろ駅に行きましょう」

電車が時刻どおりだといいとキロランは願った。そうすれば、アダムの横で涙をこらえて長い間、立っていなくてすむ。

ロンドン行きの急行電車は時刻どおりホームに入ってきた。

「さようなら、アダム」

「おいで」

アダムはキロランを腕に抱き寄せ、すばやく唇を重ねた。それは二人の意思に反して長いキスとなった。ほろ苦く、耐え難いほど甘美なキスだった。最後の別れのキスのように感じられた。発車のベルにしかたなく顔を上げたアダムの目には未練のようなものがあふれていた。

「電話するよ。いいだろう？」

いつ？　そうキロランはきき返したかったが、アダムに負担に思われたくなかった。口を開いたが、適当な言葉が浮かばない。駅員が笛を吹くと、キロランはほっとすると同時に悲しみに襲われた。その時が来たのだ。彼は去っていく。これはいつもの別れではない。「さようなら、アダム」キロランは小さな声で言った。

アダムはもう一度、キロランを抱き締めると電車に乗り、汚れた窓越しに手を振った。その灰色の目はなぜか悲しそうだった。

電車の姿が見えなくなったあとも、キロランはじっとその場に立ちつくしていた。

14

アダムが去ったその夜、キロランは何も手につかず、魂が抜けたように屋敷の中を歩き回っていた。そして、電話が鳴り始めた時、心臓が口から飛び出そうになった。

キロランは受話器に飛びついた。「もしもし?」

「キロラン?」

「ああ、アダム!」キロランは低い安堵《あんど》の息をもらした。アダムから二度と連絡はないと半ばあきらめていたのだ。「大丈夫?」

アダムはわが家であるぜいたくなフラットを見回した。わが家といった感じはしない。内装は豪華だが、無味乾燥なホテルのスイートルームみたいだ。住人の人となりを表すこまごまとしたものは一切ない。写真もないことにアダムはその時、気がついた。これまで生きてきた人生や、思い出のスナップショットが一枚もない。だが、生きているか死んでいるかわからない母親以外、誰の写真を飾ればいいというのか? 写真を銀のフレームに入れて家具の上に飾っておきたいようなガールフレンドは一人もいなかった。

「心配ない」アダムは重苦しく答えた。

「大丈夫じゃなさそうな声だけど」

「疲れているだけさ」

「食べるものがないでしょうに」

「キロラン、ぼくは大人なんだから」

そっけない態度。看護師役を務めたせいですべての希望が失われてしまったのだろうか? アダムのような強い男性にとって、女性に頼らなければいけなかったという事実は自尊心を脅かすものだったのでは？　もっとも弱く、傷つきやすい時の自分を見られたのが耐え難い苦痛だったのかもしれない。

「無事に家に帰れてよかったわ」キロランは用心深く答えた。

「ああ」言うべきことがそれ以上、見つからない。アダムは強い悲しみを感じていた。「また電話するよ」

「無理しなくていいのよ。その気になった時で」

「わかった。じゃあ、元気で」

「あなたも」今度こそ、もう電話はかかってこないだろうと思いつつ、キロランは受話器を置いた。また電話をすると言ったのは嘘《うそ》ではないかもしれない。でも、明日、あるいは、あさってかけてくるかは疑問だ。その気になった時にかけてくるだろう。そして、それは二人の関係の終わりを告げる決心がついた時かもしれない。

以前のような関係に戻るのは不可能だし、アダムが決して約束はしてくれなかった未来へ向けて前進もできない。結局、中途半端な状態に陥り、身動きできなくなってしまう。それは決していいことではない。

つらい状況ではあったが、それでも、キロランは自分の力、強い意志の一部が戻ってくるのを感じていた。胸は耐え難い悲しみに疼《うず》いてはいたが、その夜はぐっすり眠れ、翌朝はすっきり目が覚めた。アダムの看護をするという責任、このまま回復しないかもしれないという不安、それが想像以上のストレスとなっていたらしい。

虚《むな》しい夢にすぎなかったものが失われたのを嘆いて意気消沈するのはばかげている。先へ進まなければ。自立の本には常にそう書かれてある。

自身が望んでいない時、前へ進むのは簡単ではない。はかない幻の中にじっとしているほうがより魅力的に見える時にはとくに。だが、キロランは自分を支えている力、強い意志を見つけ、普段の生活に徐々に戻っていった。誰のためでもない、自分のために……。

少なくとも、やるべきことはたくさんあり、忙しくはしていられた。会議場を貸すビジネスは順調で、まもなく、遠方からも予約が入り始めた。

祖父もオーストラリアから電話をかけてきた。シドニーの新聞の金融欄でレーシーズの記事を読んだという。

「知らないうちに、石鹸《せっけん》はサイドビジネスになってしまったな」祖父は冗談を飛ばした。

だが、本業に関してもキロランはいい知らせを持っていた。「お祖父様《じい》、それはどうかしらね。大手のデパート・チェーンからオファーがあったのよ。そのデパートでしか手に入らない、特別の石鹸を企画してほしいんですって」

「それはすごいな。おまえはよくやってるよ」

「アダムのおかげだわ」

「ああ、そうだな」祖父はため息をついた。「彼は天才だよ」

キロランはアダムの事故については黙っていた。なぜ彼の世話をしたのか、その理由を説明するのは意味がないからだ。二人の関係を祖父は知らないのだし、打ち明ける必要もない。とくに、この関係が終わるのがますます確実に思えるいまは……。

キロランはことさらに忙しくし、恋に夢中になっている女学生みたいに電話の周囲をうろうろしないようにしていた。

何度か外出もしたが、心は上の空だった。もっとも、何週間かたつにつれ、学生時代からの友人とパブに行くのがさほど苦痛ではなくなっていた。そして、楽しい時を過ごしていると思うようにしていた。

季節は春から初夏へと移ったが、アダムからはなんの連絡もない。声を潜めて彼をののしる一方で、

彼は大きなトラウマから立ち直りつつあるのだから

しかたがないとあきらめる、その二つの間でキロラ

ンの心が揺れている時、電話が鳴った。第六感がア

ダムだと告げているが、これまでの経験から、失望

を味わうのは免れないと覚悟もしていた。

それは日曜の朝だった。屋敷の中はしんとしてい

る。テラスでコーヒーを飲んでいる時、電話が鳴っ

ているのが聞こえ、キロランはカップを下へ置いた。

アダムであるはずがない。これまで、電話が鳴る

たびにそう自分に言い聞かせてきた。

だが、今度は本当に彼からだった。

「キロラン?」

キロランの心臓は激しく脈打ち、瞬間、言葉が出

てこなかった。

「アダム!」電話がかかってきたうれしさを声に込

めた。彼を驚かさない程度に。彼がどんな決断をし

たにせよ、それを私が冷静に受け止められないので

はと心配されない程度に……。

それに、決断したのはアダムだけではない。キロ

ラン自身、多くのことを考えていた。アダムが前と

同じ条件で関係を続けようと申し出たなら、せっか

くだけどお断りすると答えるつもりだ。一時的に悲

しみに打ちひしがれるかもしれないけれど、そうし

なければいけない。

なぜなら、私にはもっとふさわしい関係があるは

ずだからだ。相手への気持ちを常に隠さなければい

けないような関係は偽りのない関係には絶対になり

得ない。アダムは率直さを何よりも尊重する人。だ

から、きっと理解してくれるはず。そうでしょう?

キロランのよそよそしさをアダムは感じ取ってい

た。「元気かい?」

「ええ。あなたのほうこそ、調子はどう?」

「ずっといい。よくなったよ。君に会いに行ってい

いかな?」

アダムがこちらの都合を尋ねるなんて！　でも、確かに尋ねている。それも堅苦しい口調で。「もちろんよ。それで、いつ？」

「いま、忙しい？」キロランの心臓はどきどきし始めた。

「はちみつを塗ったトーストを食べているところよ。あなた、どこからかけているの？」

「携帯電話から。君の家のドライブウェイの入り口にいるんだ」

それなのに、私はまだガウン姿のまま！

「前もって連絡してくれて感謝するわ！」

「二分で行くから」

キロランは受話器を置くとバスルームへ駆け込み、顔と手を洗い、髪をとかした。

キロランは鏡をのぞき込んだ。化粧をしていない顔は無防備に見える。だが、無防備で傷つきやすくなっているのは心のほうだ。キロランはガウンの前をぴたりと合わせ、ひもをきつく結んだ。翡翠《ひすい》色の絹地で、極楽鳥が豪華に刺繍《ししゅう》されているガウンはひざの下までしかない。露出度からすればサマードレスほどではないが、下は何も身につけておらず、心もとなさは強まるばかりだ。

静けさを破って車の音が聞こえると、キロランはゆっくり玄関へ向かいドアを開けた。ちょうどアダムがベルを鳴らそうと手を上げたところだった。二人は長い間、見つめ合った。

力なく横たわっていた男性の姿はもう完全に消えていて、いま、目の前に立つ男性とキロランの記憶の中にある男性を結びつけるのは不可能だった。

すっかり元気を取り戻した、男らしくて息が止まりそうなほど魅力的なアダムがそこにいた。元どおりのように見えるが、それでも、どこか違っている。キロランはアダムにキスしたかった。だが、腕を彼の体に回してキスする勇気はなかったし、かといって、彼の面前でドアをぴしゃりと閉めることもできなかった。

「いらっしゃい、アダム」静かに言ったキロランは、心の中が乱れているのに、おだやかな声が出せるのにわれながら驚いた。

ここへ戻ってきたら、よそ者のように感じるだろうとアダムは覚悟していた。そして、予想は当たった。刺繍が施されたガウンを着て、太陽のように輝く金色の髪をしたキロランはみずみずしい、異国の果物のようだ。サテンの生地がすらりとした体にぴたりと張りつき、胸や腰の線、ウエストのくびれや腹部のかすかなふくらみが見て取れる。

そのふくらみへ頭をのせた時のことをアダムは思い出していた。あれは遠い別世界で起きた出来事のように感じられる。

「やあ、キロラン」

「元気そうね……完全に回復したみたい」

「自分でもそう思う」アダムは問いかけるように片方の眉をつり上げた。「中へ入れてはくれないの？」

「あら、ごめんなさい」キロランはドアを大きく開け、アダムを招き入れながら思った。アダムが中へ入れてくれと頼んだ事実は二人の間に広がった距離を物語っている。それに、彼が私に触れないことも。キロランはぎこちなくアダムと向かい合った。「どこがいいかしら？」

寝室と答えたら、彼女はどんな反応を示すだろう、とアダムは思った。そのことを絶対に考えなかったといえば嘘になるが、今日ここへ来たのはそれが目的ではない。「外で座るのはどう？　寒いかな？」

「大丈夫でしょう。コーヒーをいれて、テラスに持っていきましょうか？」

「君が飲みたいなら別だが、ぼくなら結構だ」

「私も別に飲みたいわけでは……」

庭の美しさ、この牧歌的な雰囲気の中でどれだけ心が安らぐかをアダムはすっかり忘れていた。だが、アダムは首を振って夢想を振り切り、キロランの美しい緑色の瞳を受け止めた。

「これまでどうしてらしたの？」

「医者の検査を受けていた」アダムはほほえんだ。「健康面はもう心配ない」

キロランはたくましいアダムの体つきを眺めた。そよ風に黒い髪はわずかに乱れ、灰色の目は生き生きと輝いている。医者からのお墨つきをもらうまでもなかったろう。「それはよかったわね」

「まあね。実は仕事を変えたんだ。いまはコンサルタントとしての仕事をしている。それから、教えてもいるんだ」そう言ってキロランの反応を待った。

「教えている？　正式の教員として？」

「ちょっと違うな。実は、恵まれない子供たちのための職業訓練学校の立ち上げを手伝ったんだ。資金は大手銀行が出した。ぼくは銀行から、カリキュラムの作成を手伝ってくれと頼まれてね。そして、実際に教える楽しみも見つけた」アダムは笑顔を見せた。「非常に才能豊かだけれど――どう言えばいいかな――いささか態度に問題がある生徒と、ぼくは一番うまく接することができるようなんだ。その理由は想像するまでもないがね」

「でしょうね」キロランはほほえみ返した。

「君は驚いているようには見えないね」キロランは依然として、遠く離れたところにいるみたいだ。二人の間に、分厚いガラスの壁があるかのように。

「事実、驚いてはいないからよ。あなたが方向を変える必要があるのはわかっていたわ。もっとお金を儲《もう》ける別の道を選ばなかったことにほっとしているのよ」

「どうしてわかった？」

キロランはため息をついた。頭がいい人なのに、なぜ、こんなに鈍いのだろう。「事故に遭わなくても、あなたは自分が望んでもいなければ必要ともしていないものを必死に追い求めているのに気がついたはずよ。すべての徴候ははっきり表に出ていたもの。ただ、あなたがそれを見ようとしていなかっただけ」

「でも、君は何も言ってはくれなかった」アダムのやわらかな灰色の目がキロランの目を捕らえた。

「そうだろう？」

「何か言うですって？　あなたに？」キロランは乾いた笑い声をたてた。「もしあなたに何か言おうとしたら、あなたはかんしゃくを起こしたでしょう」

「ぼくはそんなに暴君だったのか？」

「そうね、ほんのちょっとだけね。とにかく、たとえあなたに話したとしても、あなたは耳を傾けなかったと思うわ」

「痛いところを突かれたな」アダムは静かにやり返した。「男が自分の自尊心を高める必要がある場合には、キロラン・レーシーとの会話は避けたほうがいいな」

「あなたは自尊心を強くする必要などないでしょ。もう、充分に強いんですもの」

「それはそうだ」

キロランが椅子の上で少し身じろぎしたので、翡翠色の絹地が腿にぴたりと張りついた。アダムの血は騒ぎ、こめかみがかすかに脈打ち始めた。

「アダム？」

キロランがガウンの下に何も着ていないのは確かだが、そのことをアダムは努めて考えないようにしていた。「何？」

アダムの目の陰りに気づいたキロランはその頭の中に何があるかを察していた。でも、それは重要ではない。こっちのほうが大事。多くはこの次の質問の答えにかかっている。「お母様を見つけたの？」

アダムは静止し、目を細めた。彼女の鋭い直感にこれまでなぜ気づかなかったのだろう？　それとも、彼女が隠していただけか？「母親を捜すつもりだと君に話した覚えはないが」

「話してはくれなかったわ。でも、あなたがそれを考えると思ってた」

アダムは苦笑した。「君はぼくをよく知っているな」

「それが次の自然なステップだと思えたからよ。実際にそうするかどうかはわからなかったけれど」

「したくはなかった」アダムは認めた。「捜さないほうが楽だったかもしれない」

「お母様は見つからなかったの？」

「答えはイエスでもありノーでもある」アダムはキロランのとまどった顔を見つめた。「母親捜しは難航したが、ようやく、ウェールズまで足跡をたどれた。母親はそこで一種のコミューンに加わっていた。子供ももう一人、産んでいた」息をのむキロランにアダムはしばし間を置いた。「ぼくには父親が違う妹がいるんだ」

その声にキロランは何かを感じた。誇りと愛着心のようなもの。彼には家族ができたのだ。富と権力をもってしても決して得られなかったものが……。

「妹さんには会ったのね？」

「君は実に鋭いね」アダムの顔に笑みが広がった。「ああ、会ったよ。それから、幼い甥《おい》にも。実のところ――」信じられないほどやさしい表情を浮かべ、アダムはうれしげに言い足した。「あの年ごろのぼくにそっくりなんだ。手に負えないやんちゃでね」

「あなたは自分のルーツを見つけたのね、血のつながっている人を？」

「妹はシングルマザーで、ウェールズの首都、カーディフの高層アパートに住んでいる」アダムはキロランの顔を見た。「ああ、わかっているよ。歴史は繰り返すんだ。だが、妹には母親よりましな人生を送ってもらいたい。それに、ぼくは彼女に多少なりとも手助けしてやれる力があるから」

「それで、お母様は？」

アダムは一瞬、ためらったあと、告げた。「七年前に死んでいた」アダムはキロランのつらそうな顔を見た。「ああ、キロラン、心配しなくていい。むろん悲しかったが、それより強く感じたのは後悔だった。どうしてもっと前に勇気を出し、母親を捜さなかったのだろうかと」それはアダムがすべての感情を高い塀の後ろに閉じ込めてしまったからだ。

その塀をキロランがたたき、レンガを少しずつ崩して、アダムに自分を見つめさせた。

「人生は短いんですもの、後悔していたら、それだけで終わってしまうわ」

「わかっている。だから、後ろは振り返らないことにした」

キロランの息が止まりそうになった。アダムは今日、なぜここへ来たのだろう？　何が望みなの？　でも、同じように大事なのは私が何を望んでいるかということ。そして、考えるまでもなく、それはわかっている。

きちんと愛し合うこと、互いに思いやる心、そして、対等な関係だ。アダムに対してそれが望めないとしたら、アダムは私が求める人ではない。求める人は永遠に現れないかもしれないけれど、もう、その場しのぎの関係は受け入れられない。

「ああ、アダム、今日、なぜここにいらしたの？」

「君に会いたかったからだ。わからないのか？」

キロランは無表情のままだ。以前のキロランなら飢えた動物のようにその言葉に飛びついたろう。だが、新しいキロランはそれを未来へのパスポートではなく、ただ、お世辞と受け取っていた。「ありがたい言葉だわ」

「ありがたい？」アダムはだしぬけに立ち上がった。

「それしか言うことはないのか?」

昔のアダムが、思いやりあふれた、心の内を率直に語るアダムにすべて取って代わられたのではないのを知り、キロランはなぜかほっとした。強い光をたたえた灰色の目は支配者としてのアダムを思い出させる。キロランの背に震えが走ると同時に、甘美な甘い欲望がゆっくり込み上げてくる。

「なんと言ってほしいの? あなたが来てくれて感謝感激だと?」

「少しは喜んでくれてもいいだろう!」

「なぜ戻ってきたの? 何をしていたか私に話すため? 元気なところを私に見せるため? 中断した関係を再び始めるため?」

「それは違う」

「違う?」

「途中から続きをやるつもりはない。新しく始めたいんだ」

キロランはアダムを凝視した。

「新しく始めたいんだ。君と……今度はきちんと。君さえよければの話だが」

「なぜ?」

「君を愛しているからだ」

キロランは彫像のように微動だにせず座っていた。信じたいけれどその勇気がない。

アダムはキロランに触れたかった。だが、なぜか、そうしないほうがいいように思えた。いまはまだだめだ。

「男というものは愛に束縛されるのを嫌い、それから逃げようとする。とくに、ぼくのような男はそうだ。だが、もう逃げるのにはうんざりしている。君と出会った時、逃げるのは意味がないように思えた。キロラン、君を愛しているんだ。君は美人で、頭がよく、やさしくて、思いやりがある。君はぼくに強さと同時に己の弱さを悟らせてくれる。ぼくは君のとりこだ。君のことを考えずにはいらない。最初に君を見た時からずっとそうだった」

キロランの口元にほほえみが広がっていく。「ああ、アダム……」

「ここを変身させた君の腕前にどれほど感嘆しているか、君に話したっけ？」

うれしいけれど、もう充分。キロランはアダムの愛の告白を聞き、彼の目の中にその動かし難い証拠を見ていた。いま、もっと彼を身近に感じたい。男と女として……。「私への賛辞で一日中、過ごすつもり？」

「君が望むなら」

「もっといいことがあるわ。やりたいことがあるの」

アダムはわざととぼけた。「たとえば？」

「私にキスしてくれてもいいころだとは思わない？」

「ああ、ハニー、ぼくもずっとそればかり考えていたんだ」

アダムはキロランを腕に抱き寄せた。故郷に帰ってきたような感じだ。唇を重ね、じらすようにキスをする。おだやかなやさしいキスに、アダムの目の奥に涙が込み上げてきた。

「私もあなたを愛しているわ。さあ、ベッドへ連れていって。もう言葉はいらないわ。あなたの愛を見せてちょうだい」

エピローグ

ソファに崩れるように座り込んだキロランは手の甲で額をぬぐった。「これから五年ほどは、クリケットのボールは見たくもないわ」

「君の上手投げはいい線いっているよ」アダムは楽しげに切り返した。「女性にしてはね！」居間を横切ってクッションが飛び、アダムの耳に命中した。

「痛い！　君の投球はかなり正確だね」

「私をからかったらひどい目に遭うのよ、ミスター・ブラック」

「君をからかうなんてとんでもない」アダムはいとしげにキロランを見た。「ジェイミーは君が大好きなんだ、わかっているだろう」

「ええ、私もあの子が大好きよ。私をへとへとに疲れさせたとしてもね。あなたの甥《おい》っ子は実にかわいいわ」

「ああ」アダムは考え深げだ。

ジェイミーとその母親はレーシー家でキロランたちと週末を過ごしたばかりだ。完璧《かんぺき》な週末だった。アダムのどこか奇妙な拡大家族の週末。

「お祖父《じい》様もあの子がお気に入りよ。私が小さかったころに読んでくれた本をあの子に読んでやるのを楽しんでいるわ」

「それはよかった」アダムはキロランの声が悲しげなのに気がついた。そして、その理由も察しがついていた。この一年でキロランの祖父はめっきり弱ってしまった。突然、老け込んだ感じで、残された時間は尽きつつあった。アダムは新聞を床に置き、眉を寄せた。あれから本当に一年がたってしまったのか？

「あれから一年だね」

「ええ、そうよ。丸一年だわ」

ともに暮らし、愛し合った至福の一年だった。アダムはロンドンのフラットをそのままにしているが、最近はほとんどそこを使うことはなく、使う時にはキロランがいつもそばにいた。

〝学校〟は普段は批判的なマスコミの間で大きな反響を巻き起こした。冷酷で金儲《もう》けしか頭にないという投資銀行家についての固定観念は打ち破られ、彼らも血の通った人間なのだということが世間の人たちに知れ渡った。このごろ、アダムは世界中で講演を頼まれる。招待の多くは断り、代理の人間を送るが、時にはキロランを伴って出かける場合もある。そして、二人で一緒に世界を見てくる。

エディ・ピーターハウスはついにシンガポールで捕まった。インド洋のまっただ中にある美しい島へ逃げる準備をしていた最中だった。レーシーズからの横領金はほとんど使い果たしていた。キロランはお金のことについてはとうにあきらめていた。結局のところ、お金はお金にすぎない。大きな観点からすれば、お金は重要な要素ではない。

それに、盗まれたお金がなくても困らなかった。会社の業績が急速に伸びたからだ。アダムが現在、正式に会社の役員で主要株主となったことも少しは関係しているかもしれない。アダムはジャクリーン叔母とジュリアの持ち株を好条件で買い取っていた。

「キロラン?」

キロランはアダムを見た。「え?」

「こっちへおいで」

「なぜ?」キロランは無邪気にきき返した、だが、アダムの陰りを帯びた目がすべてを語っている。

「こっちへ」アダムはくぐもった声で繰り返した。

二人はいまや対等な関係だった。それでも、キロランが最初に恋に落ちた、アダムのあの独裁的で強引なところは変わっていなかった。

アダムのところに行ったキロランは彼のひざの上にゆったり腰を下ろして甘いため息をつくと、彼の髪を指でなぞり始めた。

アダムはそっと、いとおしむようにキスをした。

「愛しているよ」

愛されているのがキロランにはわかっていた。アダムは愛していると言い続けてくれている。ずっと、愛を拒絶したあげく、ついに愛を見いだしたのだから、当たり前のことではなく特別なものとして受け入れたいと思っているらしい。新たに信じるものに出会った改宗者のごとく熱烈に愛を受け入れている。

キロランはキスを返してささやいた。「ベッドへ行きたい？」

アダムは首を振った。

「行きたくないの？」

アダムは指先でキロランの鼻先をとがめるように軽くたたいた。「いや、まだだ。君って貪欲《どんよく》な人だな」

アダムは指をキロランの額に伸ばし、ほつれた絹のような巻き毛を後ろになでつけた。

「あの事故の夜、ぼくは空港から君に会いに行く途中だったが、なぜそうしたのか、君はその理由を一度も尋ねなかったね？」

「ええ」

「どうして？」

キロランは肩をすくめた。「最初は、あなたがただ、セックスを望んでいたからだと思ったの」

「むろん、それもあった」

真の愛は人をいかに自由にしてくれるか、キロランはそれをしみじみ感じていた。アダムから愛されていると知る前にいまのことを言われたら、耐えられなかったろう。

「だと思ったわ」学校の教師のように口元を引き締

めたキロランをアダムは光をたたえた目で見つめている。「それに、あの夜のことを思い出させてあなたに負担をかけたくなかった。あなたにとっていいことではないと思ったのよ」

　キロランはいつもぼくのことを考えていてくれたのだ、とアダムは悟った。キロランの心は澄んでいて、思いやりがあり誠実だ。甘やかされた金持ちの娘というのはこっちの勝手な想像でしかなかった。〝あなたのおかげで私は周囲に目を向け、成長することができた〟とキロランはいつか話していた。自分もそうだったのかもしれない。最高の関係というのはこういうものだろう。お互いに助け合って成長していく。

「それで、あなたが私に会いに来ようとしていた理由はなんだったの？」

「あまり興味がなさそうだな」

「いまは不安が何もないからよ。たとえ、その理由がひどいものだったとしても、私はそれを受け入れられるわ」

「でも、ひどい理由などではなかった。ぼくは自分で考えていた以上に君を恋しく思っていたんだ。自分の心に起きている変化が怖くて逃げていた。それが、車を運転して空港から出た時、突如、自分の人生がいかに虚《むな》しいものかに気がついた。君を失いたくないと思った」アダムは短く笑った。「事故に遭わなかったらどうなっていただろう？　こんなすばらしい結果になっていたかな？」

「それはわからないわね。二人の間はうまくいったかもしれないと私のロマンチックな部分は思っているわ。でも、これほどではないでしょうね」キロランは言い足し、うなずいた。「だって、物事が起きるには理由があるからよ。私はそう信じているの」

「ぼくと結婚してくれないか？」アダムはだしぬけに言った。彼女の祖父が生きている間に結婚したい。

キロランのロマンチックな部分はこれをずっと待ち焦がれていた。いまの状態が完璧だと自分に言い聞かせてはいたけれど、どこかでこの言葉を望んでいた。

「ええ、喜んで」キロランはささやき、離すまいというかのように腕をアダムの体にぴたりと巻きつけた。アダムはキロランの腕をゆっくりほどいた。

「ちょっと待って。君にあげたいものがあるんだ」

指輪かしら？　部屋を出ていくアダムを見送りながらキロランは想像をめぐらした。どんな指輪だろう？　アダムは洗練された趣味の持ち主だから、シンプルで見事なダイヤモンドかもしれない。それとも、珍しい、ちょっと変わったものを求めたかも。エメラルドとか、シードパールとか――。

だが、アダムは茶色の紙で包まれた、大きな長方形の物体を運んできたので、キロランはあっけに取られた。

「大きな指輪ね！」

アダムは笑った。指輪はあとで渡そうと思っていた。ベッドの中で。「さあ、開けてごらん」

包みを開け始めた瞬間、それがなんなのかわかり、キロランは床の上に座り込んだ。そして、見慣れたエッチング、入浴する女性の官能的でシンプルな線をぼうっと見つめていた。

キロランはアダムを見上げた。目の奥に涙が込み上げてくる。「アダム、どうして？」声が震えている。「なぜ買い戻したの？」

「実は、売りには出さなかったんだ。ぼくが自分のために買った。あるいは、そう思い込んでいた。本当は君のために買ったと気づくのに長い時間がかかった」アダムは手を差し伸べ、キロランはその手を取った。「さあ、おいで」アダムの声はやさしかった。「君のお祖父さんにこのおめでたいニュースを報告しに行こう」

とっておきの、ときめきを。
ハーレクイン

愛が生まれ変わるとき
2004年3月20日発行

著　　者	シャロン・ケンドリック
訳　　者	永幡みちこ（ながはた　みちこ）
発 行 人	スティーブン・マイルス
発 行 所	株式会社ハーレクイン 東京都千代田区内神田 1-14-6 電話 03-3292-8091（営業） 03-3292-8457（読者ｻｰﾋﾞｽ係）
印刷・製本	凸版印刷株式会社 東京都板橋区志村 1-11-1

ISBN4-596-11947-3 C0297

キスは突然に		リズ・フィールディング／久坂　翠 訳	I-1669
謎のプレイボーイ（華麗なる貴公子たちⅠ）	♥	ルーシー・ゴードン／南　あさこ 訳	I-1670
楽園の秘密		アン・マカリスター／澁沢亜裕美 訳	I-1671
虹に憧れて	♥	ベティ・ニールズ／吉本ミキ 訳	I-1672
臆病な花嫁		ソフィー・ウエストン／須藤明子 訳	I-1673
アイルランドに帰ろう		トリッシュ・ワイリー／高山　恵 訳	I-1674

永遠のラブストーリー　ハーレクイン・クラシックス　各定価672円（本体640円）

暴君はおことわり	エマ・ダーシー／橘高弓枝 訳	C-553
情熱の島で	アン・メイザー／田村たつ子 訳	C-554
愛に満たされたら	スーザン・ネーピア／霜月　桂 訳	C-555
はだしのエミリー	パトリシア・ウィルソン／塚田由美子 訳	C-556

ドクターとの純愛（バロン家の受難Ⅳ）		エリザベス・ベヴァリー／那珂ゆかり 訳	D-1029
億万長者の秘密（富豪一族の花嫁Ⅴ）	♥	スーザン・クロスビー／三浦万里 訳	D-1030
純真な落札者		キャサリン・ガーベラ／早川麻百合 訳	D-1031
夜は別の顔		シャロン・サラ／谷原めぐみ 訳	D-1032

大人の女性を描いた　シルエット・スペシャル・エディション　各定価704円（本体670円）

奇跡の恋人（愛を知らない男たち）	♥	スーザン・マレリー／村上あずさ 訳	N-1005
華麗なる逃亡者		ジュディ・デュワーティ／松木まどか 訳	N-1006
秘められた結婚（デブロー家の伝説Ⅲ）		キャシー・G・サッカー／新号友子 訳	N-1007
熱い罠に落ちて		ジュディス・ライアンズ／八坂よしみ 訳	N-1008

一冊で二つの恋が楽しめる　ハーレクイン・リクエスト

〜一冊で二つの恋が楽しめる〜アラブの首長《シーク》との夢恋物語　HR-67

砂漠のばら　リズ・フィールディング／苅谷京子 訳

シークが恋人？　バーバラ・マクマーン／橋　由美 訳

定価882円（本体840円）

〜一冊で二つの恋が楽しめる〜秘密《シークレット・ベビー》の新しい命の物語　HR-68

改心したプレイボーイ　キャサリン・ジョージ／江美れい 訳

許せないけど…　レイ・モーガン／高円寺みなみ 訳

定価882円（本体840円）

ハーレクイン公式ホームページ　アドレスはこちら…www.harlequin.co.jp

ハーレクイン・クラブではメンバーを募集中！

お得なポイント・コレクションも実施中！

切り取ってご利用ください

05 02

←会員限定ポイント・コレクション用クーポン

♥マークは、今月のおすすめ